武德充沛
煙火成城◎著
38

CONTENTS

目錄

第一章

不可預料的重逢

【至惡聖寶之器。】

最終深淵裡還有這東西？

武小德撿起黑繩，想試試它的用法。

阻止了U級邪魔前往聖界才獲得了這根繩子，它又有著「至惡聖寶之器」的名頭，一定能讓自己如虎添翼。

可是怎麼用呢？

武小德隨意揮動黑繩，卻發現這繩子輕飄飄的，用來揮鞭根本打不出什麼傷害。

或者它是如同「永恆守護之繩」那樣的特殊道具？

然而惡靈之書一點提示也沒有，真心不知道怎麼用。

四周已經投來不少異樣的目光，武小德只得將黑繩隨意一繞，纏在手臂上，心道還是去一個人少的地方慢慢試試看。

他正舉步朝前走，忽然抬起手，看看手腕。

只見那塊手錶上的指針一跳，直接指向了「危」字——沈夕瑤有危險？

武小德展開速度，瞬間穿過街道，飛掠至沈夕瑤所在的生活區。

看見了，在那草坪上，兩名陌生人正站在沈夕瑤對面，彷彿想要做出什麼舉動。

「轟！」

武小德身周發出暴鳴聲，直接掠過長空，落在沈夕瑤面前。

「你們是什麼人？」他低喝道。

對面兩人戴著不合時宜的寬大斗笠，戴著面具，穿著長袍，根本看不出身分。

「咦？」一人看著武小德，發出興奮的聲音。

「實力不錯啊，這就好。」另一人以怪異的語調道。

「當心，它們是邪魔。」沈夕瑤平靜地說。

邪魔？

「不要誤會，我們不是來戰鬥的。」一人擺擺手道。

「難道你們是來搞笑的？」武小德冷笑道。

惡靈之書飛快翻動，第三面牆壁上的青銅磚齊齊震動——萬維垂相！

「確實不是來戰鬥的。」另一人連忙解釋道：「我們是來跟你們祕密接觸的。」

武小德全然不信。

邪魔在漫長的歲月中毀滅了一切，不斷用眾生的性命試探著如何跟聖界聯繫，現在卻說要跟人類祕密接觸？

他直接就要出手，但下一瞬，虛空中忽然傳來一道遙遙的感應，直接傳遞至他的心中。

無數畫面悄然浮現在他腦海裡，他彷彿看見了過去兩天發生的一切事情。

在他處於昏迷之中的時候，兩位假冒的U級邪魔開始在眾多邪魔中傳遞一個祕密。

沒用多久，邪魔們都知道了一件事，埋藏在萬邪輪迴聖界之中的那位存在，其夢境並非那麼簡單。

自己其實身處這位U級存在的夢境之中，而這位U級存在控制著夢境中的一切，如果想要擺脫夢境，不再受到那位存在的控制，必須趕緊想辦法。

而唯一的辦法……

一頭邪魔道：「開誠布公的講，我們當然願意毀滅人類的一切，這是理所當然的事。」

另一頭邪魔道：「但是這有一個前提條件，那就是我們應當能主宰自己的命運，而不是只活在某位偉大存在的夢境之中，隨時會被它控制。」

武小德有些驚奇。

兩位冒牌貨做的不錯啊，甚至這些邪魔根本不知道如何進入裡世界，它們是經由兩位冒牌貨，直接用了自己的幽冥稱號傳送進來的。

一旦有問題，可以直接將它們踢出去。

「你們想要怎麼做？」武小德問。

一位邪魔道：「我們在這裡的事情絕不能被它察覺，事實上，我們已經進入許多演化的世界，正在尋找和眾生合作，想要獲得真實的身分。」

第二位邪魔道：「沒錯，我們竟然只是某位存在的一場夢，這實在的太可笑了，如果你們願意跟我們合作，我們就不會攻擊你們。」

武小德嘴角一陣抽搐。

自己搞出來的那兩個冒牌貨也真是奇葩，萬邪輪迴聖界的一切邪魔，都是那位U級邪魔的夢境存在啊！

在人家的夢境裡，策反人家的夢境生物——兩個冒牌貨腦子有洞吧！難道U級邪魔會察覺不到發生的這些事？

武小德仔細觀察兩名邪魔。

如果說，U級邪魔發現了這件事，恐怕早已介入。

它尚未介入，或許是因為它自己也在忙別的事？比如再次尋找一條朝聖之路？

武小德心思連轉，頓時就有了主意，開口道：「我們能幫你們的只有一件事。」

「什麼？」對方問道。

「我們假裝尋找聖界……實際上根本不可能尋找到，這你們也清楚，但我們全力尋找聖界，這就代表你們在做事，不是嗎？」武小德問。

「沒錯，我們的任務就是促使眾生尋找聖界。」邪魔點頭道。

「那我們就達成了一致，我們假裝尋找聖界，換取你們保我們的平安。」武小德道。

「……也可以，但我們會想方設法獲取人類的身分。」邪魔道。

「沒問題！」武小德斷然道。

如果邪魔轉化成被生死左右的人類，自己舉雙手歡迎！

不過這件事從來沒有邪魔試圖做到過，希望它們成功吧。

邪魔道：「那就這樣說，我們先走了，有任何情報我們再互通有無。」

兩道身影一閃，飛上高空不見了，原地只剩下武小德和沈夕瑤。

「它們說它們屬於一場夢？」沈夕瑤不明所以地問。

武小德點點頭，嘆口氣道：「別人的一場夢就可以給眾生的無數紀元帶來毀滅……換做往時，我是絕不會相信這種離奇事的。」

「這麼說是真的？」沈夕瑤問。

「是真的。」武小德道。

「那我們為什麼不反抗，難道我們就沒有辦法對付那個可惡的傢伙？」沈夕瑤道。

「我倒是想對付它，如果我可以做到，我要讓它嘗盡眾生的苦。」武小德道。

話音未落，他忽然覺得左手手臂上騰起一股熾熱之感，低頭一看，正是那根黑繩。

它怎麼了？

武小德正詫異間，心頭忽然浮現出一道聲音：「想要以牙還牙嗎？嘻嘻，這可是我第一次離開最終深淵……不如由我帶著你去見證命運，如何？」

不等武小德說話，他手上的黑繩如同活了過來一樣，全力一扯！

「啊啊啊啊啊！」武小德只來得及發出喊叫，整個人瞬間被扯入虛空之中，消失不見。

剩下沉夕瑤一個人站在原地。她呆了呆，目光一閃，自言自語道：「不行，看來我必須盡快變強……否則這個世界遲早完蛋。」

淡淡的金芒從她身上浮現出來，她轉過身，大步朝別墅走去，彷彿心中已經有了決斷，正準備去做些什麼。

……

另一邊，武小德在無盡的黑暗虛空中全力飛行。

手中的那根黑繩彷彿被什麼東西死死拽著，朝一個方向全力飛去。

「抽離時間維度，我帶你去某個可以改變一切的時空！」黑繩嗡聲道。

「好。」武小德咬著牙，鼓動全身惡靈之力，啟用了第三堵牆。

——萬維垂相！

這一招終究還是被他用了出來。

無盡的模糊虛空之中，一切彷彿陷入靜止，時間維度被抽離！

黑繩拽著武小德一路朝前，終於穿過重重壁障，突然落在一面完全由青銅構成的巨形牆壁上。

——青銅之壁！

「為什麼你要帶我回到這個盤古尚未徹底邪化的時空？」武小德忍不住問道。

黑繩道：「我能憑藉無盡惡意，破壞那些早已注定的命運。這是唯一能跟聖界打交道的機會，跟我來！」

它帶著武小德直接落在青銅之壁一處極其偏僻的角落。

武小德問：「什麼機會？」

黑繩發出憤怒的低吼：「你見過她的，而且她給你留的東西，大概能保住你的性命，但這不夠讓你完成復仇！」

武小德有些明白過來，忍不住道：「你是說……」

「她來了。」黑繩道。

話音落下，青銅之壁上悄然打開一處機關，一位窈窕女子出現在外壁上似乎正要離開。

她一下子看見了武小德，頓時有些吃驚。

她仔細端詳著武小德，直到把他身上的力量規則全部看清，這才嘆息一聲，說：「你從未來又回到此刻了？」

——「隱者」薩琳娜！

這正是她準備離開這個時代，回歸聖界的時刻！

……

武小德從來沒想到會這樣。

毀掉了U級邪魔的朝聖之路後，最終深淵降臨的黑繩，會直接把自己帶回這一刻，然後自己就面對了那個終極的選擇。

虛空中熹微的光映照在青銅之壁上，反射出的朦朧之色只能模糊勾勒出薩琳娜的輪廓。

「我已經到了必須要離開的時刻。」

她的聲音多了一縷柔和：「很幸運能遇見你，看見你所做出的所有努力。既然你最後還是來到了我面前，那麼請做出你自己的抉擇吧。」

她站在黑暗中，伸出兩隻手，攤在武小德面前。

只見她的左手上垂落著一根青銅之鍊；在她的右手上，卻安靜的躺著一張薄薄的白紙，上面寫滿了小字。

「閣下，這是什麼？」武小德問。

「此青銅鍊是祛凡法則凝聚而成，你將它纏繞在身上，便可以隨我去聖界。」薩琳娜道。

「去聖界？」武小德動容道。

「沒錯，這是你保住自己真靈的最佳辦法，無論下界有多少災難，從此你將再也不會被它們折磨，你將成為永恆的一部分。」薩琳娜道。

武小德道：「您的意思是……我跟您去往聖界之後，就可以再也不管下界的事。」

「是的。」薩琳娜目光中閃過一縷情緒：「我其實是廣大無邊十方世界中最近十二紀元中唯一獲得聖界資格的存在，在前往聖界之前有未盡的心願，所以在此做最後的準備。」

「我有資格攜帶一名隨從，如果你願意……可以跟我來。」

武小德拱手抱拳，深深一禮道：「閣下，我的暗影隨從可以一起去嗎？」

薩琳娜看著他，臉上的好笑之意一閃而過。

「當然不行，只有你可以跟我走。我知道你要問什麼，答案是不行。」

「去往聖界之後，除非有極其特殊的緣法，否則再也無法下界。」

武小德認真聽完，陷入沉思。

那麼……只有自己擺脫了邪魔的毀滅嗎？這樣真的好嗎？

這似乎並非是自己想要的。

他沉思的時候，青銅之牆上悄然浮現一道道黑暗之影。

這些黑暗之影散發出邪性的氣息，頃刻便蔓延開來，遍布虛空。

一頭又一頭邪魔隨之出現，它們開始尋找著什麼。薩琳娜只是站在原地不動，看起來絲毫沒有動手的意思。

邪魔們從兩人身邊穿行而過，卻沒有發現他們。

它們就像根本無法感知兩人的存在，雖然盡力搜尋什麼，但卻根本連薩琳娜的衣袂都沾不到一丁點。

數息之後，武小德望向薩琳娜的另一隻手。

薩琳娜會意，卻忍不住嘆息了一聲，她看著武小德解釋：「這是一條極其凶險的道路，你一走上這條路就會再次面對生死凶險。」

武小德神情平靜，開口道：「請繼續說。」

薩琳娜解釋道：「我在進入聖界的時候，有資格推選一位戰士進入『朝聖之旅』。」

「什麼是『朝聖之旅』？」武小德問。

「如同我這般在無盡紀元之中戰勝一切覬覦者，成為最強，便可不斷攀爬聖柱，抵達聖界。」

武小德目光落在那張紙上，只見紙張上隱隱綽綽冒出氣息，幻化出一根青銅柱。

原來如此，U級邪魔躲在偏僻的眾生之所，悄悄爬柱子，其實是避開了絕大多數的敵人。

「在你參戰期間，如果你沒有戰敗，你的世界就受到多元宇宙一切法則的保護，不會被邪魔傷害。」薩琳娜又道。

「這個好。」武小德立刻說道。

薩琳娜無聲的笑起來，看起來竟有幾分開心。

「補充一點：如果你代表你的世界參戰，那麼你的世界之中，其他眾多夠格的強者將一同參戰。只要你允許。」薩琳娜道。

「那我就選這個，請幫助我參加『朝聖之旅』。」武小德道。

薩琳娜手中的那張紙輕輕飛起來，飄落在武小德面前。

只見紙張上寫著極其簡單的幾行小字：【推薦者：薩琳娜。】

【被推薦人……】

【參戰者的世界受一切至強法則保護，不受毀滅之災，直至參戰者戰敗退出。】

其中被推薦人後方是一片空白。

薩琳娜道：「以你的血在這張契約上簽下名字，就可以代表你的世界參戰了。」

武小德毫不猶豫的抽出蝶魄刀切破手指，以血在契約上寫下名字。

薩琳娜對著虛空開口道：「今日我舉薦此人參與『朝聖之旅』，請諸位裁決者確定此事。」

等了幾息，虛空中響起一道笑聲：「這麼弱的實力，也來參加『朝聖之旅』？薩琳娜，妳可是認真的？」

「我是認真的。」薩琳娜淡淡地說。

那邊停頓了幾息，另一道聲音以嚴肅的語氣道：「那麼，我們批准了這次的契約，他可以參戰。」

一陣狂風襲來，頓時把契約刮飛出去，瞬間就消失了。

薩琳娜輕輕吁出一口氣，看了武小德一眼，傳音道：「它們沒有我這樣的『聖』級能力，看不到你的惡靈能力，所以認為你比較弱。」

「這其實是好事，便於你隱匿自己。」

武小德道：「明白，我其實並不在意別人怎麼看，只要我的世界能受到保護就行。」

薩琳娜走上前，輕輕抱了武小德一下。她輕聲叮囑道：「你所屬的世界將立刻處於保護之中，在你參戰的過程中不斷壯大。」

「如果有一天你登頂了青銅柱，所有的法則會幫助你的世界變成超級文明，不再懼怕一切外敵。」

「加油吧。」

武小德道：「可是我不知道一切為什麼是這樣的。」

「『朝聖之旅』是非常複雜嚴肅的事，來自一切法則的本源意志，現在我沒有時間解釋了。我只想告訴你，繼續利用我留下來的東西成長吧。」薩琳娜溫聲說道。

「謝謝妳。」武小德真心實意地說。

薩琳娜點點頭，最後說道：「U級邪魔也是一位參戰者，卻躲在這裡，利用幾種規則避開主要戰鬥，悄悄攀爬神柱。」

「不過你幹掉了它的希望，現在它也只有再次回到戰場中心去了。」

「你要當心，因為你第一次進入戰場，它必然會得到通知，一定會來殺你。」

武小德點頭道：「明白了。」

薩琳娜在他耳邊道：「活下來，變得足夠強大，與我在聖界相見。」

話音落下，她身形一閃，直接從武小德眼前消失。

武小德眼前迅速浮現出一行行青銅小字：【當前已接駁多元宇宙一切法則的意志，它們為你曾經的作為歡呼，在聖者的指引下來到此荒蕪偏僻的凋零區，即將把你傳送至戰場。】

【三、二、一……傳送！】

一扇莊嚴華麗的光之門浮現在武小德眼前，他一步跨進去，四周景象頓時變得不同。

武小德抬頭望去，只見四周的黑暗虛空中到處都是漂浮的屍體。

自己站在一座廢墟般的城市裡，這裡似乎曾經是一座人類的醫院，依然可以看到不少散落的醫療器械以及滿地枯骨。

一行青銅小字浮現：【已進入戰場。由於多維坐標關係，你進入了當前世界。】

【當前世界為落敗強者『盤古』曾經擁有的世界，當他戰敗的時候，他的世界也隨之被攻擊，進而毀滅。】

【你的出現已被眾多參戰者察覺，戰鬥即將開始！】

所有小字一閃而去，天空中閃過數道流光，徑直停留在醫院大樓外的虛空中。

三道身影，其中一道正是那U級邪魔！

它死死盯著武小德，開口說道：「兩位，這是我的仇敵，請將他的靈魂讓給我。」

另外兩位人形存在身上毫無邪性之氣，對望一眼，稍稍退開。

U級邪魔俯瞰著武小德，渾身力量暴漲，低吼道：「這次絕對不會放過你了。」

武小德輕哼一聲，正要做出戰鬥準備，忽見又有兩行小字浮現：【你是你所屬世界的代表者。當前有兩位強者同屬於你的世界，希望能夠參戰，你是否允許。】

【——你可以在心中感知到他們的身分。】

武小德略一感應，立刻道：「允許參戰！」

下一瞬，U級邪魔從半空消失，直接出現在他背後。

「結束了。」它手中冒出無窮黑影直刺武小德。

「噹」一聲輕響，緊接著是一道溫和的男聲響起：「隱藏實力也是一件辛苦事啊，小武，感謝你讓我們參戰。」

只見所有黑影被一柄長劍擋住，持劍者乃是一名俊秀的男子。

也不見他怎麼動作，U級邪魔突然暴退，重新回到天空中，驚疑不定道：「你是……你的實力……」

與此同時，頭插蘭花的白衣少年也走了出來，隨意朝遠空掃了一眼，眼角露出笑意：「一回到戰場上就看到了曾經的敵人，果然忍了這麼久才解開自我封印，確實是一件辛苦的事。」

雪亮的長刀抽出來。

「你們先打，我去報個仇。」

話音落下，白衣少年瞬間穿透長空，不知去向，原地剩下那名劍修與武小德。

「要一起戰鬥嗎？」武小德活動手腕，握緊成拳。

「嗯，我們一起殺了它，然後晚上我可以燒幾個菜，就當是終於進入『朝聖之旅』的慶祝會。」劍修笑吟吟地說。

他背後的虛空悄然浮現數柄飛劍。

……

一片輝煌雄偉的建築漂浮在宇宙之中。

忽然，刺耳的警報聲驟然響起，穿透虛空，驚動了每一名關注朝聖之旅的存在。

一處寬大如廣場的監控室內，七八名身穿制服的男子衝進房間，沉聲喝道：「什麼情況？為什麼會觸發這麼古老的警報？」

「大、大人們！」

房間內負責監控的負責人滿頭都是冷汗，結結巴巴道：「是一個傢伙又回到了戰場上。」

「簡直是胡扯！」有人斥責道：「警報不會為單獨的一個參戰者響起，他到底做了什麼！」

「他——沒做什麼，大人請看。」

負責人伸手一指，無數螢幕上的戰鬥場景全部消失，緊接著一名白袍長髮少年出現在每一片螢幕上，他正在朝著一個方向疾馳。

監控室內安靜了一瞬，被稱為「大人」的人們齊齊無法控制的失聲叫道：「竟然是這個超級麻煩的傢伙！」

「他沒死？」
「難怪警報會被觸發。」
「但怎麼可能啊，當年一百二十八名參賽者一起設下陷阱，偷襲並圍攻！他明明死了的！」
突然，一道聲音蓋過了所有人。
「都住口！」
眾人一起望去，連忙起身行禮，齊聲道：「見過維序者大人。」
一名身穿戰袍，漂浮在半空的怪人站在門口，沉聲道：「各就各位，為即將到來的戰鬥準備世界。不要讓朝聖之旅的戰鬥連個戰場都沒有。」
「至於他……」
怪人注視著螢幕上的少年，卻發現少年似乎衝自己眨了眨眼。
「他的戰鬥不要派任何人去近距離觀察，全部動用遠程監視器。」
「可是大人。」一名手下斗膽道：「如果我們不靠近，根本看不到戰鬥的完整過程啊。」
怪人臉上浮現出一縷無奈之色，搖頭道：「我是為了讓你們活下來，而且你們就算看見了他的戰鬥，也無法分辨到底是真是假。」
話音落下，一道電子聲隨之響起：「消失已久的參戰者『柳平』再次加入戰鬥，目前已突進至凜風山脈，正在朝著『屠龍小組』四名成員所在位置趕去。」

「十秒後雙方交會！」

……

凜風山脈。

名為「柳平」的少年穿過叢林與山峰，飛落在一處營地前的岩石上。

營地中的四人頓時有所感應，齊齊衝上前，擺出攻擊姿態。

「柳平！」一人失聲道。

其他三人之中，一人立刻捏碎某件寶物，直接傳送離開；另外兩人衝上天空，分作兩個方向全力飛馳而去。

原地只剩下一人。他渾身顫抖不止，張目望著柳平，抬起手似乎想要攻擊，最終還是擺出了防禦姿態。

柳平以手托腮，坐在岩石上，歪頭打量著下方的男子，懶洋洋說道：「當年你們圍攻我的時候，我記得你說話挺大聲的，現在怎麼成這副德行了？」

「該死，你怎麼可能還活著。」男子咬緊牙關道。

「嘖，你的膽子還是這麼小，最近有沒有學什麼新的招式啊？」柳平好奇道。

男子不知道想起什麼，整個人彷彿陷入歇斯底里的狀態，大聲道：「你又要學我的技能！不！我絕不施展給你看！」

「這麼小氣，我只是看一眼而已嘛。算了，敘舊就到此為止，我們來打個賭吧。」柳平道。

「打什麼賭？」男子警惕地問。

「我就在這岩石上坐著，你攻過來。如果你能讓我頭頂插的蘭花動一下，就算我輸，今天我先饒你一命，暫且不找你報仇了。」柳平道。

「一言為定？」

「一言為定。」

「哼，這麼多年了，你還是這麼狂妄，可惜我已經不是從前的我了！」

男子暴喝一聲，身形一動，頓時分成幾道殘影。這些殘影在半空化作切開的肢體，隨著紛飛的血雨散落一地。

柳平依然以手托腮坐在岩石上不動。

在那男子站立之處，另一個柳平直接出現，隨意揮動長刀，將刀上的血水甩盡。

「蠢貨，這麼多年了，連最基本的假象都看不穿，也敢留下來跟我打。」

他隨意說著，回頭看了一眼。

霎時間，滿地的血水和肢體消失不見，他也消失不見。

下一秒，天空一閃，一道疾速飛竄的人影直接撞下來，在大地上轟出一座深坑。

過了數息，那人從深坑之中爬出來，看了看四周，絕望嘶吼道：「柳平，你除了會騙人，還會幹什麼！」

是的，他正是剛才逃離的三人之中的一個。

縱然全力飛奔了好一陣子，最後卻沒逃掉，而是自己飛了回來，直愣愣地迎面撞上大地。

話音未落，他的頭飛起來，身體倒下去。

一瞬，他的屍體也隨之消失。

又一道殘影飛回來，在撞上大地的瞬間停住，也是先前逃走的三人之一！

這人反應過來，連滾帶爬的來到柳平所坐的那塊巨岩前，放聲痛哭道：「饒了我吧，柳平，我真的不是想殺你，是他們逼著我去的。」

岩石上，柳平露出驚奇之色道：「你說的竟然是真話。」

「我怎麼敢騙你！」那人膝行過去，連連叩首道：「當年我雖然圍在那裡，但並未出手，你知道我的！我根本沒那個實力參與對付你的戰鬥！」

柳平以手指彈了彈腦門，開口道：「嗯……我想起來了，你確實是在外圍守著，而且從頭到尾沒有出手……算了，你走吧。」

那人如蒙大赦，一咬牙，將手上的指環摘下來放在地上，再次叩首道：「這是我所有的積蓄，作為賠禮，希望你原諒我當年的事。」

柳平不耐煩的擺擺手道：「快走快走，以後別亂看熱鬧，當心又被拉壯丁。」

「是，多謝閣下。」那人再次飛上天空，迅速朝著一個方向飛去，很快就不見了。

坐在岩石上的柳平沉思數息，忽然伸手打了個響指。

只見不遠處的山地上，突然出現了一個人——正是之前捏碎寶物傳送離開的那人！

仔細望去，卻見那寶物隨意丟在地上，完好無損，根本沒有被捏碎。

那人卻滿臉僥倖之色，站在草地上，手裡彷彿拿著什麼，對著手心不斷說話：「是的，他還活著，並且回來了。」

「各位，我發動這次通訊的時候，我的三位朋友恐怕已經死了。」

「還好我見機快，第一時間捏碎了保命的逃生聖石。」

只見這人手上空空如也，然而他卻保持著握姿，低頭看著手心，臉上浮現出驕傲之色道：「我是唯一從柳平眼皮子底下逃走的人！不要猶豫了，大家再次聯合起來吧。」

「我就在自己的安全屋等你們消息！」

第二章

選定的祕密

這人將手中的空氣放在一邊，背著雙手，來回走動，不時輕聲念叨著幾個強者的名字。

不知道為什麼，他竟然以為自己正處於一個安全的所在。

看他眉頭緊鎖的樣子，似乎正在思考怎麼對付柳平。

滿地的鮮血和屍體，以及坐在岩石上的柳平，他都完全無法察覺。

柳平遠遠看著，嘆口氣道：「一點長進都沒有，真讓人失望。」

話音落下，那人忽然神情一呆。他緩緩轉動頭顱，朝附近望去，直到這時，他才看到了四周的真實景象。

「原來我也沒逃掉。」他苦澀地說。

柳平打了個哈欠，擺擺手道：「領便當吧。」

那人臉色灰敗，雙膝跪地，倒地而亡。

他的瞳孔裡倒映著少年持刀斬開他身體的殘影，儘管這一幕根本沒有發生。

所以他的死法又比其他人奇怪，他是以為自己死了，所以他真的死了。

柳平漠然看著地上的屍體，輕聲道：「我記得你們每一個人。我可是很記仇的，所以有種就來吧，那些變態的傢伙。」

長刀被柳平抽出來，高高舉起，直指天空。

「嗡嗡嗡嗡！」

刀鋒上暴起凌厲的刀光，化作一朵遮天蔽日的白玉蘭花，高高地飛升到天空深處。

這一幕，任何人只要抬頭就可以發現，然而柳平反倒興奮的發出輕笑。

「嘻，時隔這麼多年，真正有資格跟我打的……會來幾個呢？」

「可惜，只能等一小會……」

他不自覺的朝一個方向望去，那是他來的方向。

數千里之外，依然是那座廢棄的醫院樓頂。

劍修站在武小德身旁，抱著雙臂，叮囑道：「小武，戰前我必須跟你說一件事。」

「請講。」武小德道。

「獲得聖界承認，代表世界出戰的人是你，所以你一定不能死，你一死，我們的世界就會再次處於無可救渡的境地。」劍修道。

「我明白。」武小德道。

「你的力量還處於成長期，近期就全力提升實力吧，在戰場上的話，能躲就躲，能藏就藏，一切以保命為前提，你覺得呢？」劍修又道。

「我也是這麼想的，我需要時間去獲得實力。」武小德同意道。

劍修道：「那麼……」

那麼？武小德心頭覺得有些不對勁，扭頭望去，卻見劍修遞過來了一個小本子以及一支筆。

「晚上想吃什麼，打勾。」劍修低聲道。

武小德朝小本子上望去。只見這是一份簡陋的菜單，從「青椒肉絲」、「麻婆豆腐」、一類的常規菜到「佛跳牆」、「麻辣牛肉火鍋」、「海帶排骨湯」這樣的大鍋，大約有五十幾樣菜。

那麼，自己要吃什麼呢？

武小德看看菜單，又望向劍修。

劍修已經朝前走了一步，擋在武小德身前。

風……天地間夾雜著荒敗氣息的狂風吹撫在劍修身上。

不，這些風的氣息來自那頭邪魔。

它站在天空中，手中不斷捏出咒印，釋放出各種攻擊，卻在剛離手的瞬間就被無形的東西斬滅。

一個接一個邪性術法的餘波化作狂風，吹拂廢墟與大地。

狂風中，劍修微瞇雙眸，輕輕撥開瀏海，溫聲道：「那麼，為了小武的安全，為了讓整個多元宇宙重新認識我們以及我們代表的世界——由我來斬一劍。」

他緩緩伸出手，在虛空中一抓，低聲道：「地啊，你可曾想過我們有這樣一天，終於不用再壓制實力，可以釋放出虛假效果以外的攻擊？」

一柄渾然古樸的長劍被他從虛空中抓出來，握在手中。

名為「地劍」的長劍爆發出一陣厚重如山的嗡鳴。

劍修的眼睛亮了起來，單手提起長劍，神情間似乎有些笑意。

「就以這一劍宣告我們三人的到來吧。」

「呃，第一次跟大家見面，我會稍稍謙卑點。」

長劍在虛空中緩緩劃動，電光石火之間，天空中的邪魔突然爆發出一道恐懼已極的尖叫。

與此同時，數千里外，柳平彷彿感覺到了什麼，失笑道：「沒得玩了。」

……

另一邊，時刻觀察著整個戰場的監控室內，刺耳的警報突然消失。

一道深沉的聲音隨之響起：「當前時空與一切相關者的命運開始劇烈波動。」

「當前星系的所有因果律法則全部斷裂，正在艱難的自我修復。」

「特級警報，所有成員注意！」

「不要做出任何舉動，大型神聖穿梭術已經啟用，即將把各位轉移至安全的另一個星系。」

「倒數二十秒。」

「——監測到三十二個星球已經被那一劍斬滅，本次緊急傳送啟動！」

霎時間，所有監察者還來不及反應，已經被徹底傳送離開。

……

繁星漫天，劍歸鞘。

武小德站在廢棄醫院的樓頂，抬頭望去，只見天上的星辰次第熄滅。

「死了嗎？」他問。

「剛才它有幫手。」劍修道。

「可惜了。」武小德嘆口氣道。

劍修道：「不必可惜，剛才那一劍只是打個招呼——我可不會讓它那麼輕易死，它要還的債很多，此外，它憑什麼能避開戰場獨自在一旁攀爬聖柱，也是一樁奇怪的事。」

天空中，那頭U級邪魔再次浮現。它的半個身子化為了不斷垂落的灰色流沙，神情充滿痛苦。

「癒合。」它低吼道。

但是那些灰色流沙只是輕輕動了動，根本沒有化為它的軀體，再次癒合。

它連續用了七八種咒印，卻只能讓傷口維持現狀，不再繼續擴大。

「永滅的力量將持續作用在你身上，讓你稍稍品嘗眾生的痛苦，滋味如何？」劍修輕聲問道。

邪魔獰笑一聲，搖頭道：「替弱者出頭的人，便是弱者中的一員。」

它手印一變，天地隨之改變。

除了廢棄的醫院之外，整個天地都化作了無盡的蠕動血肉——它似乎要全力出手了！

U級邪魔沒有去看劍修，反倒盯住了武小德，劍修目光中閃過一縷憂慮。

畢竟這些傢伙之中，每一個都是U級之上的存在。

一旦被它們找到機會殺了武小德，他們就會喪失參戰資格。

「不必擔心。」武小德開口道。

他將手按在惡靈之書上，輕聲道：「億萬眾生嗔怒惡相，以因果結緣皆聚我身，應和有情過往血淚辛辱與萬物消弭哀嘆愁離，成就此怒戰滅魔之術——萬維垂相！」

霎時間，他從原地消失，而在他背後的虛空中，無數青銅磚塊紛紛沒入虛空消失不見。

一塊青銅磚塊飛落下來，被劍修握住。

武小德的聲音從青銅磚中響起：「我可以在每一塊青銅磚裡自由穿梭，你收了這塊磚，就等於護住了我的性命。」

「好。」劍修道。

他手一翻，頓時將那塊磚收入儲物袋，這下子不必有任何顧慮了！

劍修伸手一招，一柄秋水般的長劍輕吟著從天而落，被他握在手中。

「公子，我準備好了。」一道女聲從劍鋒上響起。

劍修一笑，反手持劍，抬頭望向半空的邪魔，隨口說道：「你躲在偏僻之處，以屠戮眾生的方式攀爬聖柱，恰好證明了你內心對戰場充滿了恐懼。」

「你不配稱為強者，還是繼續償還你所欠的債吧！」

U級邪魔嗤笑道：「你以為一個人能戰勝我們全部？」

話音落下，一頭又一頭邪物從它蠕動的血肉中冒出來，迅速密布天空。

U級邪魔高聲道：「你們這些弱者原本應當以自己的血肉和靈魂鋪就我攀爬聖柱的階梯，然而你們非但不以此感到榮幸，竟然還破壞了我們的計畫！」

異變陡生！

卻見虛空一轉，密密麻麻的青銅磚驟然顯現，迅速構成一隻青銅巨手，捏成法訣。

劍修立刻有所感應，大笑道：「果然是善戰之人！」

他渾身衣袂頭髮無風自動，持劍朝前一斬！

似乎是配合他這一劍，整個世界突然化作二維場景，一切存在立即只能前後上下移動。

——維度崩解·空間！

這乃是武小德的攻擊手段，劍修自然沒有辜負這一招的助攻。

無法躲避的敵人自然是最好的敵人！

武小德術成的瞬間，劍修手中那柄秋水般的長劍已經朝前斬去。

「休想！」邪魔爆發出驚天動地的吼聲。

所有邪魔齊齊出手，立刻扭轉了維度的崩解，令一切恢復如初。

二維的平面世界彷彿只存在了一瞬間，然而這一瞬間，彷彿有一道驚天動地的劍芒曾經照亮了整個世界。

它出現的速度太快，甚至讓人覺得是錯覺。

「鏘！」

劍修收劍，在風中抬頭，朝著漫天邪魔招招手，溫和地說：「再見。」

所有邪魔僵住不動，那替代了天地的蠕動血肉也不在動彈。

只有U級邪魔依然獨自漂浮在半空，勉力抬起一隻手，彷彿要做什麼。但它的黑影之手突然斷裂，化作紛飛的灰塵，隨風消弭在虛空之中。

起風了。

天地間，狂風怒號，席捲一切敵人。所有邪魔化作無盡的灰塵，穿透天空，朝著宇宙散去。

盤古的廢墟世界再次恢復原狀，只剩下U級邪魔漂浮半空。

劍修將長劍放在背後的虛空中，任由長劍隱沒不見，這才抬頭說道：「實在不好意思，有件事要麻煩你。」

「還有什麼幫手，趕緊去找吧。我就在這裡等你將它們一個不剩的全部喊來，免得我以後還要一個一個找。」

U級邪魔目光中閃過從未出現的恐懼，咬牙切齒道：「你……不要後悔。」

「快去，時間就是金錢。」一劍修道。

邪魔見他果然沒有再出手的打算，先是鬆了口氣，然後又不由自主的顫抖起來。

明明是那種窮鄉僻壤，為什麼會出現這麼恐怖的傢伙？

……

另一邊，遙遠的另一個星系，剛剛完成傳送的監察機構中。

一道人影飛落而至，朝著那名維序者匆匆行禮道：「裁判團長老傳來消息，要求所有人再次朝更遠的星系退避！」

所有人待在原地，彷彿不敢相信這句話。

維序者沉聲道：「有這種必要嘛？不過是剛剛獲得參戰資格的新朝聖者，雖然確實很優秀，還有那位柳平相助，但真的需要我們再次撤離？」

那人影恭聲道：「剛剛那名劍修又出了一劍，凌駕萬道之上，在一瞬間斬了八億道寂滅劍芒，邪魔的戰場參與者全滅。」

「這樣的損失一定會讓邪魔們發瘋！」

「接下來，它們只有全族參戰才可能挽回敗局。」

「這種程度的大戰，最強的那幾位都會在一旁環伺，甚至會捲進來。」

「本次極有可能觸發眾紀元破滅之戰！諸位必須馬上退！」

維序者倒吸一口冷氣，忍不住道：「如果是這種程度的戰鬥，我們來不及撤了！」

「還有機會，聖國的慈父正在趕往戰場。」人影道。

「那還等什麼？」維序者大聲吼道：「傳我命令，放棄一切戰場監控，撤！」

……

另一邊，依然是盤古世界。

柳平將鎮獄刀扛在肩膀上，抬頭望向天空。

「還是顧青山狡詐，懂得留個餌來釣魚，早知道我也這麼做了。哼。」

天空寂寥，那些昔日的仇敵沒有任何一個前來跟他一戰。

他身上殺氣越來越熾盛，雙眸血紅，回頭看了一眼。

既然如此，那就去武小德和顧青山那邊吧。

他剛邁出一步，卻見虛空一閃，一名穿著白色長袍的老頭走了出來。

「咦？你怎麼來了，還是本體？」柳平詫異道。

「你知道我身為主裁判，是有資格要求你們支付世界損毀賠償的。」老頭面無表情的說著，順手將一張單子遞過去。

柳平一看，卻是密密麻麻的支出帳單，忍不住叫道：「我也沒毀壞什麼啊，為什麼這麼貴。」

「你的同伴殺瘋了，你趕緊勸勸他。」老頭似乎也有些頭疼。

「見鬼，好不容易回來了，竟然不能大殺四方？」柳平抗議道。

老頭表情鬆動了些，嘆口氣道：「你們三個跟我都是很好的生意伙伴，原本我也不打算來，但戰場也是有限的啊，不要把一切都毀滅了！」

柳平上前一步，壓低聲音道：「看在你派分身一直跟著我的份上，這個數。」

他比了個手指。

老頭眉頭一動，搖搖頭，又比了個數。

柳平瞪圓眼睛，叫道：「你怎麼不去搶！」

老頭表情神聖而靜穆，依然比著手上的那個數。

柳平想了想，伸手又比了個數。

老頭這才微微點頭。他轉過身，朝虛空走去，口中說道：「你們作為第一次進入戰場的新人，在不知道規則的前提下，偶爾毀滅一個星系，引發全體大戰，屠滅參戰種族，也是情有可原的。」

「老夫作為裁判絕對公正。」

「——記住，我們今天沒見過面。」

話音落下，他直接消失不見。

柳平待在原地，忽然身子一抖，大聲道：「錢都給了，這次一定要殺爽快！」

他朝虛空一掠，頓時穿過數千里距離，回到了廢棄的醫院樓上，只見那頭邪魔早已不知去向。

顧青山和武小德圍坐在火鍋前，正在倒酒。

「回來了？」顧青山打招呼道。

「喝點？」武小德朝他舉杯。

「你們打的太超過了，我不得已花了一大筆錢才擺平那個神聖的傢伙。」柳平坐下來，嘆口氣道。

顧青山和武小德對視一眼。

「什麼錢不錢的，那種事不要放在心上，既然你花了，那就等於我們花了。」顧青山遞過去一杯酒，拍著他肩膀道。

「來來來，談錢多傷感情，吃菜，吃菜。」武小德連忙給他夾菜。

「邪魔破壞戰場的平衡性，其實早就被發現了。」

柳平端起酒杯一飲而盡，繼續道：「若非如此，薩琳娜也無法降臨在你們的世界，更不會插手其中，更不會讓你們的世界最終獲得這樣一個名額。」

「當然，這也是小武完成了許多不可能的事，最終才打動薩琳娜。」

「總之，你們現在必須知曉『朝聖之旅』的規則。」

「什麼規則？」武小德問。

「新人上場，可以呼喚世界內的幫手，持續三小時。」柳平道。

「超過時間呢？」顧青山問。

「那要看幫手有多強了。越強的幫手，就需要同樣強大的世界源力支撐才可以上場。」柳平道。

「世界源力……」武小德思索道。

裡世界是盤古所化，要想讓自己的裡世界變強，那就必須尋找盤古的遺骸。

此外，自己也要快一點變強。

忽然一道女聲響起：「戰鬥規則並不複雜。參戰者是主體，如果想要呼喚幫手，就需要讓世界實力達到一定標準，又或是支付對應的黃金。」

「當然，參戰者如果死了，世界就會失去保護，一切就完了。」

武小德扭頭望去，只見一名穿著黑西裝的金髮女子，叼著一根菸站在不遠處。

顧青山看了柳平一眼。

柳平聳聳肩，說道：「這是接引者，負責為新人引導進入戰場的存在。」

「各位好。」金髮女子望向武小德，微微行禮道：「我曾經受過薩琳娜大人的恩惠，因此特來為你做引導。」

「多謝，我是武小德。」武小德抱拳道。

「我是南麗。」金髮女子道。

她看了看錶，繼續道：「正如你的幫手所說，新人可以隨意呼喚幫手，持續三小時。現在你還剩二十五分鐘了。」

「之後呢？」武小德問。

「支付對應的黃金，又或是讓世界強大到對應的程度。」南麗道。

武小德望向顧青山。

「你不要看他，他是末日，沒有世界可以強大到他的程度，你只能支付黃金呼喚他出戰。」南麗說到這裡，想了想，進一步解釋道：「實際上呼喚幫手的參戰者並不多，因為一般來說，作為參戰者，往往都是他所代表的世界之中的最強者。」

「他們一般傾向於一對一，這樣最經濟。」

「——畢竟在戰場上，幹什麼都是要收費的。」

說出最後一句話的時候，南麗不知想到了什麼，嘴角微微抽搐。

武小德道：「這樣說來時間不多了。」

「還有二十三分鐘，你的幫手就必須回歸世界了。」南麗道。

「哎呀。」顧青山忽然撓撓頭：「我是不是搞錯事情了，邪魔們一會恐怕會都趕過來了。」

柳平目光閃了閃，一時沒說話。

「但是沒事。」南麗卻道：「武小德第一次登場，被評定為『優秀』新人，可以獲得一天的休息權限，以及一次隨機傳送的資格。」

她將一塊平板扔給武小德。

武小德接過來，三人一起朝上面望去。

只見平板上印著幾行大字：【山野風景秀麗客棧榜；朝聖之旅戰場豪華酒店榜；專屬勇敢之心至尊強者奢華道場榜……】

【不要再猶豫了，快快支付黃金，選擇你的休憩之地。】

武小德一眼看完，喃喃道：「這風格很熟悉啊……」

柳平插話道：「朝聖之旅的戰場維護工作，全部由神聖側力量負責。」

武小德頓時豁然開朗。原來如此，可是……

「別問了。」柳平擺手道：「創造世界可是高等技術工作，物種的配製也有專屬版權，所有智慧財產權跟技術專利全都在伊甸園的慈父手上。」

「嘖。」武小德和顧青山齊聲道。

南麗看著手錶道：「還有二十一分鐘，我來解說最重要的部分。作為新人，如果你能在戰場上活過二十四小時，就可以獲得攀爬聖柱的資格。」

武小德、顧青山一起朝那塊平板望去。

只要找間店住一天就可以獲得攀爬聖柱的資格，又或者在邪魔的追殺中足足挺過二十四小時，這還要選？

武小德都沒敢去點那個「專屬勇敢之心至尊強者奢華道場榜」，也沒敢點

「朝聖之旅戰場豪華酒店榜」，只是以一種惶然的態度伸出手指，輕輕點擊了一下「山野風景秀麗客棧榜」。

平板上，畫面一轉，頓時浮現出一個個客棧的外景圖片以及房型和價格。

「嘶。」

看著那天文數字的價格，武小德又跟顧青山一起倒抽了口涼氣。

南麗以慵懶的語氣說道：「神聖側的術法需要黃金作為釋放媒介，天國的工作人員們要維護整個『朝聖之旅』的所有戰場，所以會千方百計的籌集資金。就算是柳平……」

她看了柳平一眼。

柳平拍拍小武肩膀道：「沒事，這裡面有那種『離店支付』的客棧，待一段時間打工還帳，我當年也做過這種事，不丟人。」

武小德正要點頭，南麗卻冷冷地說道：「是啊，他吃了三年霸王餐，每次用石頭冒充黃金付帳，直到有一天慈父親自巡店才發現。這確實不太丟人。」

柳平僵住。

顧青山拍拍他肩膀道：「沒事，兄弟懂你。」

「謝謝。」柳平道。

「你就是這麼無恥，大家都習慣了，理解萬歲。」顧青山又道。

「滾。」柳平道。

南麗看了看手錶，又道：「還有十五分鐘，快做決定吧。」

武小德看看顧青山。

柳平說道：「不用看他了，他有一大幫女人要養的，經營一間酒吧也在血海那種偏僻地方，口袋裡翻不出半個銅板。」

武小德又望向柳平。

「別看我。」柳平木然道：「我第一天回戰場就被慈父刮了個乾乾淨淨。他知道我有多少錢，一個銅板都沒給我剩。」

顧青山嚴肅起來，叮囑道：「小武，戰鬥的事你不用操心，錢的事你真要上心了。」

錢……武小德忍不住嘆了口氣。

剛才面對邪魔都沒這麼難，不過轉念一想，也確實是這樣。

我們混跡街頭，打架鬥毆，不都是因為沒錢嘛，有錢誰要拚啊！

「還有十二分鐘。」南麗道。

武小德看看柳平，又看看顧青山，開口道：「我倒是有一點小小的積蓄，但是貿然用掉的話，以後召喚你們戰鬥就不夠了。」

「所以？」柳平問。

「在你們臨走之前，請跟我一起做件事。」武小德道。

「什麼？」顧青山問。

武小德拍著兩人肩膀道：「有時候為了活下來，我們會欠帳，會打工，這個你們同意吧。」

「嗯。」兩人一起點頭。

……

十分鐘後，顧青山和柳平即將離開。

臨走時，柳平深深的看著武小德，拍著他肩膀道：「小武，你腦子真的有洞。」

「不過這也是個辦法，反正你不在戰場，不用付帳。」顧青山安慰他道。

兩人傳送離開，回到了原本的世界，只剩武小德和南麗站在原地。

「那麼，你的選擇是？」南麗問。

「當然是找個地方住二十四小時，然後直接獲得攀爬聖柱的資格。」武小德道。

「這樣的話，直接點擊你要住的酒店就可以了。」南麗道。

武小德點開眾多客棧，一眼望去，果然發現有些客棧是顯示「離店前支付」的，這也是戰場的特色了。

偉大的慈父允許你在住店期間籌集資金，然後在離店的時候付帳。

武小德看了一陣子，選中一間客棧。

「砰！」

他從原地消失，這時只剩下南麗站在廢棄醫院的樓頂。

她輕哼一聲，自言自語道：「還好，柳平沒有戳穿……邪魔們確實快到了，但他大概也沒有多的錢支付這場戰爭，所以才不出聲的吧。」

「這樣也好，沒有引起真正的大戰。否則那個新人將一上來就面對朝聖之旅中最凶險的局面。」

「我也算是還了薩琳娜大人的恩情。」

說到最後，她身形一閃，從原地消失不見。

……

另一邊，武小德出現在一處客棧前。

他伸手捏了個訣——惡法天災．三神器！

霎時間，一個柳平從他背上冒出來，站在他面前，這是「三神器」複製的柳平！

「替換。」武小德輕聲道。

話音落下，武小德頓時消失。

柳平——虛假的柳平朝客棧走去，一路進入客棧大堂，拍著那接待客人的桌子喊道：「小二，住店。」

「來了來了，誰啊？」

「我，柳平！」

木桌後，一名戴著金絲眼鏡的鱷魚人緩緩抬起頭，朝「柳平」望過來。

「客人，請稍等，住店要登記您的訊息。」它彬彬有禮的打了個響指。

桌上豎立不動的眼鏡蛇偏過頭，朝「柳平」看了一眼，飛快說道：「今早收到一條全系統通知。」

「真名為『柳平』、『顧青山』、『武小德』的客人，務必先收現金，方可入住。」

「閣下既然是『柳平』，請先支付住宿費用，然後再辦理入住手續。」

「柳平」怔了怔，忍不住道：「為什麼別人可以先住店？這不公平！」

鱷魚人和眼鏡蛇齊聲道：「注意你的言行，絕對公正的慈父在天上看著你。」

「不過。」鱷魚人從懷裡摸出手機看了一眼：「慈父給你準備了一張五折的優惠券，這可是史無前例的折扣，從來沒有人享受過，你還不快快付帳？」

「柳平」不禁問道：「五折券很少嗎？」

「當然，一般都是九點九折，這是歷史上唯一的一張五折券。」鱷魚人和眼鏡蛇齊聲道。

「此話當真？」武小德問。

「當真！這是絕無僅有的一張五折券！」鱷魚人加重語氣道。

「柳平」略一猶豫便做了決定。

「啪」一聲輕響，「柳平」消失，武小德出現。

五折券可以，而且慈父給了這麼高的折扣，想必是希望自己住在這裡。

這位存在全知全能，做事必然有他的用意，他絕不會毫無理由的給一張五折券，一定有重大理由！

「請給我辦理入住吧。」武小德道。

「您選擇什麼房型？」鱷魚人問。

「最便宜的那個……修煉小屋。」武小德道。

「請支付黃金，原本是要你八成的黃金，現在對折，只要四成。」鱷魚人道。

武小德默默付錢。

「客人，這是鑰匙，請去地下室左手第五個房間。」鱷魚人指著一個方向道。

武小德接過鑰匙，正要朝地下室走去，忽見客棧門外又走進來一名客人，那是一名渾身長滿金色鱗甲片的女子。

她出現的瞬間，鱷魚人突然跳出櫃檯，直接擋在武小德面前。

「快去！」鱷魚人低喝道。

與此同時，大堂裡忽然出現了一縷聖芒，直接化為頭頂懸浮著光環的天使。

天使乍一出現，立刻高聲道：「慈父的目光注視著這裡！」

武小德還來不及多看幾眼形勢，便被兩名穿著白袍的女子拽著迅速走下臺階，進入地下室。

「請跟我來。」一名女子道。

她們把武小德帶到門前，門自動打開了。

「您可以享有安全的二十四小時。」一名女子笑道。

武小德道：「多謝，不過剛才那個女人是？」

「進去休息吧，晚點您會知道的。」另一名女子打斷他道。

「……好吧。」武小德道。

他能感覺到，對方其實是在保護自己，所以自己也不太好讓對方為難，那就先休息吧。

他邁步走入門後，門立即死死關上。

站在門前的兩名女子渾身爆發出璀璨的聖芒，一起長出翅膀。

——卻是兩名天使！

第三章

全新的術

「他進去了。」一位女天使低聲道。

「立即開始轉換時空，混淆所有房間。」另一位女天使道。

「嗯。」

兩名天使齊齊釋放出一道術法，打在門上，門後傳來沉重的移動聲。

——房間離開了門，縮入地下，不知去向。

兩位女天使忽然一起朝走廊望去，不知何時，那名渾身覆蓋著金色鱗片的女子已經出現在走廊盡頭。

她注視著兩名天使，將手攤開，只見她手心裡有著一顆跳動的心臟。

「天使……你們不想陷入永恆的折磨，就說出他的房間號。」女子開口道。

兩名天使臉色變得蒼白。

但是下一瞬，忽然有一道人影浮現在她們身旁，是柳平！

「剛才多謝妳們的掩護，現在快離開吧，由我替妳們抵擋片刻。」柳平笑著說道。

那金甲女人似乎想要做什麼，卻忽然渾身一顫，一柄長劍穿透了她的胸口。

顧青山站在她身後，手持長劍，扭頭朝外面的大堂看了一眼。

「妳殺了客棧的人……恕我孤陋寡聞，難道這裡可以隨意殺人？」

金甲女人尖叫一聲，直接扭轉身子，一把抓住了顧青山的脖子，道：「不，你不是末日，他的實力不會這麼弱。」

「但妳依然沒有避開他的劍招。」顧青山笑道。

他忽然化作虛幻的影子，消散不見。

——武小德的三神器！

原來在顧青山和柳平回歸世界之前，他就以三神器複製了兩人，雖然複製品的實力大打折扣，但畢竟能用！

金甲女子一把扯出貫穿身體的長劍，扔在地上，再次回頭朝走廊望去，然而此時走廊上哪裡還有什麼天使！

「該死……」金甲女子發出短促的尖叫，大步走出去，沿著滿地的血水和屍體一路走出客棧。

只見客棧外的平原已經化作了血肉蠕動之地，各種稀奇古怪的器官內嵌在血肉裡，緩緩地生長著，數不盡的邪物遍布天地。

這裡已經被徹底封鎖。

金甲女子開口道：「可惜他跑了。」

……

另一邊，武小德一步踏入房間，忽見四周皆是熟悉的場景。

街道旁的早餐攤座位上，大蕉正吃著早點。

「老大，你回來了？」大蕉遠遠地就看到他，直接打招呼道。

武小德呆住。

大蕉站起來，解釋道：「暴牙守著沈小姐，我吃了早點順便給他帶一點回去。老闆，再來一碗牛肉麵，加點米酒，再來顆雞蛋。老大來坐，先吃早餐。」

武小德緩步走上前，在大蕉對面坐下。

四周一切毫無虛假可言，自己修習「萬維垂相」之後，對於各種維度已經有了感應，能感覺到這裡就是真實的世界。

這麼說，自己又回到了崑崙山裡世界。

一道聲音忽然在心頭響起：「吃麵吧，你也有一段時間沒吃飯了，我慢慢跟你講。」

「這聲音……你是撒旦？」武小德立刻問。

「對的，我來其實是為了告訴你一件事。」

「什麼事？」

武小德一邊問，一邊在大蕉對面坐下，等著牛肉麵和米酒端上來，自己動手拿了筷子。

「你覺得邪魔好對付嗎？」撒旦問。

「……顧青山似乎打得很輕鬆啊。」武小德道。

「剛才你抵達戰場之後，一共來了三個找麻煩的，U級邪魔只說了一句話，另外兩個就退走了，現在請重新回答這個問題。」撒旦道。

武小德想了想，聳肩道：「你想說它們在戰場上很有勢力？」

撒旦的聲音再次響起：「薩琳娜進入聖界之前，由於極度的不甘心，所以才會尋遍一切世界和宇宙，最終在偏僻的『虛空亂流』之中發現了一片枯葉。」

「你們的世界就藏在枯葉之中。邪魔也藏在那裡，正在全力攀爬聖柱。」

武小德突然意識到了什麼。

薩琳娜已經要成聖了，還覺得不甘心，為什麼？

而且憑什麼邪魔能躲起來，自顧自的攀爬聖柱？

天國的布娃娃指點自己獲得了一條聖柱，這完全是慈父開後門啊。

可惜，卻被邪魔置換成它自己的。若不是最後時刻，自己將兩根聖柱毀滅……

撒旦的聲音再次響起：「薩琳娜想盡了辦法也沒能阻止邪魔的計畫，幸而在她離開之際，因為你的一系列作為，讓邪魔失去了那根聖柱。」

「她終於覺得有希望了，所以才把那個參戰資格留給你。」

武小德不解道：「我們明明有顧青山和柳平，為什麼不直接把參戰資格給他們？」

「柳平本是最有希望成聖的參戰者，但他被一百多名邪化的參戰者圍攻，最後一刻寧可讓出位置，也沒有投靠邪魔！」

「讓出？」武小德追問。

「對，他用盡手段，將位置讓給了薩琳娜。」

「他可是個記仇的傢伙，放棄參戰之後，立刻就抵達了你們的世界，一路尋找邪魔的弱點。」

「如此一來，雖然邪魔沒能獲得前往聖界的資格，但柳平也同樣失去了參戰資格，只能作為幫手出場。」

「好吧，他只能作為幫手。」武小德攤手道：「那顧青山呢？」

撒旦加重語氣，肅然道：「聖界即是多元宇宙的『道』，一切存在，都為了得『道』而存在於戰場上。」

「邪魔一直在邪化所有參戰者，這樣一來，無論誰獲得升往聖界的資格，都等同於邪魔獲得了資格。」

「它們要成為一切的真理，成為所有存在仰望的『道』！」

「戰場的裁判和規則只能勉強阻攔邪魔，堪堪維持住局面。」

「局面如此危急，如果再讓一個強大到離譜的末日作為參戰者抵達戰場……如果他投靠邪魔，一切都完了。」

「我們計算過無數次，假如末日投靠邪魔，那麼聖界真的要成為邪魔的樂園。」

「邪魔將主宰一切世界，一切時空，一切維度。所以不能讓顧青山作為參戰者，他頂多只能當一名幫手。」

「你們不信任顧青山？」武小德問。

撒旦加重語氣道：「這跟信任無關。假如末日和邪魔聯合的話，諸天萬界翻盤的機率是零，所以我們必須設下一道保險，你懂嗎？」

武小德若有所思的點點頭。

其實站在對方的角度也可以理解，畢竟那個後果太可怕了。

「所以經過薩琳娜的選定，我就代表世界參戰了。」武小德道。

「對，我們一直在觀察你。」

「首先你已經獲得聖界的失落之刃認可，自身不會邪化。這是最重要的一點，然後才是薩琳娜的指定。」撒旦道。

「我大致明白局面了。」武小德夾起一筷子麵條：「還有什麼要說的嗎？」

「你只有一天時間能在這個世界中休息，好好抓緊這個機會，邪魔已經在圍殺你了。」

「一定要抓緊這一天的時間去做些什麼！」撒旦的聲音徐徐消失。

武小德大口吃著牛肉麵，滿身都是汗。這天氣吃牛肉麵就是爽。

現在形勢基本清楚了，自己只有一天時間想辦法，然後就要回歸戰場，面對邪魔。

一天時間，開什麼玩笑！

他將麵碗捧起來，喝了一口湯。

為什麼你們都覺得我有辦法啊？我有個屁的辦法！對了！

武小德心頭閃過一道靈光，把碗放下，開口道：「大蕉，你一會直接回去，我辦點事再來找你們。」

「是，老大！」大蕉道。

武小德起身就走，出了麵館，鑽進一條偏僻小巷，順手抽出了一物——那根黑繩。

這乃是至惡聖寶之器，它能憑藉無盡惡意，破壞那些早已注定的命運！

幹嘛不直接用它？

武小德將黑繩纏繞在手臂上，開口道：「有什麼值得我們破壞的命運嗎？最好是能幫上我忙的那種。」

黑繩出聲道：「還真的有一件事跟你有關，不過干涉它需要極度的謹慎，一不留神就會完蛋。我不知道你敢不敢接。」

「說說看。」武小德道。

「在所有『早已注定的命運』之中，隨著U級邪魔的圖謀暴露和毀滅，它已經離開了這裡。」黑繩道。

「沒錯。」武小德點頭。

「它一走，那些原本憑藉它的真理之術創造的夢境邪魔們都將紛紛化為泡影，歸於烏有。」黑繩道。

武小德嘆息道：「那些傢伙似乎想要融入人類文明，以此躲避這樣的命運，不過U級邪魔一走，它們的計畫注定走向了失敗。」

「你敢用它們嗎？」黑繩道。

「不。」武小德立刻道：「它們曾經毀滅過無數世界，根本不值得信賴，我絕不會讓它們當我的戰友。」

黑繩道：「但是現在有辦法占一個便宜……」

「你的意思是？」

「我也不確定，主要看你怎麼操作了。我們先去它們那裡！」

黑繩話音未落，已經拖著武小德衝上天空。

「喂喂，還沒說定呢！」武小德連忙道。

「不能給你準備的機會，你必須是無意撞見它們的終末之時，才可能取信它們。」

黑繩一邊說，一邊加快了速度。

「唰！」

它穿過無盡虛空，高聲道：「控制一下時間和空間維度，我要直接進入萬邪輪迴聖界了！」

武小德不得已，只好再次捏訣，將兩大維度捏在手中。

時空頓時開始轉換，一瞬，黑繩帶著他朝一個世界落下去，世界屏障直接被撞破。

武小德滾落在地上，翻了個身，這才站起來。

只見四周全是一堆堆的電視——萬邪輪迴聖界！

「快走，去世界的中心，它們已經快要毀滅了！」黑繩指著一個方向道。

武小德會意，頓時跳上天空，朝著它所指的方向飛馳而去。

數息之後，他已經來到了那處遼闊的廣場上，只見所有的邪魔全部站在這裡，身形開始化作虛幻。

原來如此，黑繩帶著自己抵達了U級邪魔剛剛離開這裡，回歸戰場的那一刻。

它的夢醒了，術完結了。

所以這些夢中的邪魔正在化為烏有。

武小德剛一出現，那些邪魔全部朝他望過來。

黑繩傳音道：「目前的局面要靠你自己了。自由發揮最好，任何矯揉造作和假裝都會被它們看穿。」

武小德目光一掃，大步上前，沉聲道：「在裡世界跟我見面的是哪兩位？」

兩名邪魔走出來，看著他。

武小德想了一瞬。既然黑繩說要小花招根本沒用，那就來一場真誠的交談吧。

「你們最後想出融入人類社會的辦法了嗎？」武小德問。

「沒有辦法。」邪魔道：「我們作為術的一部分，已經走到了終點。」

「作為邪魔直接融入人類社會是不可能的，不管怎樣，我們依然是術的一部分。」另一名邪魔道。

武小德暗暗點頭。就算可以做到，自己也絕不會答應這樣的事。

認真說起來，自己知道的辦法只有一個，那就主打一個真誠，把事情攤開跟它們說，看看能不能產生什麼變化，畢竟它們馬上就要化為烏有了。

武小德道：「我唯一能想到的辦法，就是你們全部去死，然後從幽冥世界投胎，忘記以前的事，成為正常的人類。」

「死亡……嗎……」邪魔陷入沉思。

「是的，這是唯一辦法，如果你們願意嘗試，那就跟我來。」武小德道。

他啟用了名號「幽篁渡厄明王」，打開通往幽冥世界的通道，率先走了進去。

沒等多久，這些夢境邪魔們全部飛了過來，畢竟比起徹底毀滅，就算是邪魔也願意「活」下來。

武小德直接帶著它們來到黃泉河畔，道：「這裡是黃泉之河，也是稱為忘川的地方，你們從這裡跳下去，忘記一切，被淨化為純淨的靈體，就可以去投胎了。」

邪魔們看看他，又看看那條河。

一頭體型特別巨大的邪魔悶聲道：「你沒有說謊，這確實是你認知範圍內唯一的辦法。」

「那麼我們姑且一試。」

它走到忘川河邊，慢慢沉下身子，徹底浸泡在河水中。然而所有的忘川之水從它身周流過，卻沒有起到任何效果。

「不行。」巨型邪魔失望道：「死亡對於我們沒有用，我們無法被轉化為靈體。」

武小德看到這裡，心頭也有些失望。

如果能把這些邪魔收歸己有，哪怕是讓它們去投胎，它們轉世之後也會具備特別的能力。

唯一的不同，便是它們的身分將變成人類，從此只能為人類效力，可惜行不通。

另一頭邪魔嘆息道：「我們的主人利用完了我們，然後拋棄了我們，而我們沒有任何辦法。」

邪魔們全體陷入沉默。它們似乎對於這樣的事情，陷入了一種空前未有的情緒。

武小德看了幾眼，心頭忽然有些失笑。

它們對人類做過的惡，不知比這嚴重多少倍，然而這一刻，它們心中竟然也是充滿憤懣的，何其諷刺！

既然拉不到它們這樣的幫手，自己也不稀罕，接下來就靠自己吧。

……等等！

一道靈光忽然閃過武小德心頭。

「轟！」

他身上突然爆發出濃烈的黑暗氣息，整個人漂浮半空，看起來如同深淵的魔王。

——惡靈．化魔狀態！

邪魔們紛紛朝他望過來。

武小德抬起一隻手，解釋道：「如你們所見，我能操縱一切惡念，與深淵共鳴。既然你們身懷惡念……我看看是否能把你們化為最終深淵的惡靈！」

絲絲縷縷的黑線從他手上散發出去，在無數邪魔身上穿梭不定。

武小德開始操縱邪魔的惡念！

只見在他的控制下，邪魔們逐漸開始做出各種舉動，然而它們的身體依然化作了淡淡的殘影。

「快想辦法，我們要消失了！」一頭邪魔大聲道。

武小德搖頭道：「不行，我只能操縱你們的想法，你們的身體依然屬於夢境之軀。」

邪魔們驟然獲得的希望再次破滅。

突然，黑繩從武小德手上跳起來，懸浮在半空，高聲叫道：「我乃是至惡聖寶，既然武小德能操縱你們的惡念，那麼以我為媒介，可以讓你們的身軀融為一體，寄託在我這裡！」

「這是唯一的機會，快來！」

武小德忍不住道：「行不行啊，連忘川都做不到的事，你可以做到？」

「反正沒希望了，試試怕什麼！」黑繩道。

它悄悄給武小德傳音道：「剛才那句臺詞真棒！」

武小德微微一怔，忽然回過神來，這繩子之前說了自己不能有任何準備，難道是為了演戲逼真？

一頭邪魔突然跳起來，大聲道：「說的對，反正沒希望了，最後再賭一把！」

它身子一縱便朝黑繩飛去。

黑繩也迎向它，圍繞它用力一旋，霎時間，邪魔直接融入黑繩之中，在繩上顯現出些許輪廓。

它看起來彷彿是一段線條勾勒的輪廓，但若細看的話，它已經化為了詭異的邪性符文。

「成功了！」黑繩高聲叫道：「你們快來，趁著還沒徹底消散，融入我的身軀就可以活下來！」

有了第一頭邪魔做榜樣，剩下的邪魔再也按捺不住，它們一窩蜂的衝向黑繩。

只見半空中彷彿起了一層旋轉的殘影颶風，圍繞黑繩疾速旋轉，紛紛沒入繩中。

一息、兩息、三息，所有邪魔全部融入進去了！

黑繩飄飄然落下來，重新纏繞在武小德手上，感慨說道：「沒想到，你主打一個真誠，居然起到了意想不到的效果。」

「成功了嗎？」武小德心情複雜地說。

「你想跟它們並肩戰鬥嗎？」黑繩問。

「不想，我只想它們去找U級邪魔復仇，至於我，不需要它們跟我一起戰鬥。」武小德道。

「很好。」黑繩道。

「很好？」武小德不明所以。

黑繩在他手臂上不斷蠕動前行，最終纏繞在他手上，化作一個黑色的拳套。

「它們憑什麼活下來？它們的主人已經讓它們全部去死了。」拳套懶洋洋的道。

武小德心知它還有後話，便開口道：「所以……」

「所以它們還是全部毀滅了。不過最後它們跟我融合的那一刻，它們的力量全部留了下來，跟我一同具現成了這個拳套。」

惡靈之書悄然翻開，一行行全新的青銅小字開始浮現。

黑色拳套上浮現出密密麻麻的詭異符文。一道道玄奇的光從中閃現，衝上雲霄，勾勒出無盡的變化之象。

死去的邪魔太多，它們的力量全部匯聚在一起，不斷湧現出無窮無盡的邪性具現能力！

一行行青銅小字浮現在武小德眼前：【所有邪魔雖然為幻，但其力量為真，此乃真理之術的效用，亦是眾生浩劫的由來。】

【選擇吧！一切被它們施展過的邪性之術，你都可以令其寄託於此拳套上！】

【你有一次機會做出決斷！】

所有小字一收，緊接著，數不盡的邪術浮現在武小德腦海中，它們一一展示著自己的力量。

足足過了數十息，武小德才把所有的邪術全部看完。

這些乃是U級邪魔於夢中幻化出的一切邪魔所具備的各類邪術，武小德甚至從中看到了幾種熟悉的邪術。

選哪一個呢？

他忽而又想起自己如今的遭遇。

只有一天時間，一天後自己拿什麼去跟邪魔大軍鬥？

一念及此，他又把所有的邪術看了一遍，卻發現之前自己有意向的幾種邪術，都無法應對這樣的局面。

「只能做到這一步嗎？」他忍不住問道。

黑色拳套重新化作黑繩，開口道：「大哥，我擊穿了命運，從夢境邪魔們必死的命運中搶走了它們的力量，做到這一步已經是我的極限了。」

「……辛苦了。」武小德道。

「這裡面有幾種邪術強大至極，你隨便挑一個也可以增強戰力啊，畢竟你又不會被邪化。」黑繩道。

武小德一時沒說話，只在心中默默嘆了口氣。

難道真的只能到這種程度？自己就算掌握了一門強大至極的邪術，又如何面對戰場上數不清的邪魔圍攻？果然還是自己太貪心了吧。

黑繩又道：「一口吃不成胖子，雖然你這人腦子好用，但我建議你好好研究一門邪術……」

「等一下！」武小德突然打斷它。

「你想到了什麼嗎？」黑繩問。

「突然想起來一件事。你已經做到了極限，可我還沒有全力以赴。」武小德道。

「你是說？」

武小德不答話，伸出另一隻手，輕輕一招，惡靈之書驟然翻開，第三面牆壁無數的青銅磚塊迅速飛出來，凌空堆砌成一座雄偉城堡。

武小德伸手捏訣。

——萬維垂相！

術法頓時成了，只見那青銅城堡上散發出一道道光形長線，每一根長線都代表著一種維度。

武小德開口道：「這是我的根本能力之一，它可以操控時空維度，讓一切時空逆轉，又可以讓三維化為二維，乃至一維，讓敵人無法躲藏。」

「原本這一招『萬維垂相』是配合『愛、夢想、世界和平』來施展的。但是……」

武小德眼中閃過一抹凌厲的光，繼續說下去：「為了一天後的那種局面，我打算用它來跟最強的邪術融合。」

黑繩道：「融合？邪術怎麼可能跟你的術融合？」

「你認識我的時日尚短，其實技能融合這件事，一直是我的基礎能力。」

武小德說著，目光落在惡靈之書上，書頁不斷翻動，直到來到無盡惡意魔牆！

【描述：一切被放置在此魔牆上的技能和物品，都將具備『憤怒』與『惡意』的雙重湧現，邁上奇詭之階。】

【融入之物的特質，將會被無盡惡意魔牆汲取，從而改變你的死亡技和一切力量。】

沒錯的，什麼都可以融合！

融入的技能和物品可以改變死亡技。

「萬維垂相」乃是自己的一堵魔牆所化，是自己亡靈天賦進化之後的惡靈側技能，它是高等的死亡技！

「繩子，你找一個最厲害的邪術給我。」武小德道。

「最厲害？這些邪魔之中，最厲害的邪術自然是這個。」

伴隨著黑繩的聲音，無數邪性符文在它表面具現成連續的符文陣，散發出詭異的光芒。

一行行青銅小字頓時浮現：【神落．圾蠃菀枯。超S級，世界類術法。】

【描述：演化一方世界，令敵人的一切力量、身軀、靈魂被此世界徹底吸收，轉化為你的力量。】

【——無可抵禦之術。】

武小德點頭道：「剛才我也看中了這個術。」

「它幾乎就可以達到U級的類別了。」黑繩漂浮在他手上，繼續道：「你真的要把它融入你自己的術。歷史上從來沒有人把邪術與惡靈技融合，這太瘋狂了。」

武小德輕聲道：「我只有一天時間，再不瘋狂就完蛋了。」

他伸出手，輕輕按在無盡惡意魔牆上。

「融合，惡靈技『萬維垂相』和邪術『神落・歮灥苑枯』。」

霎時間，半空中放出無數光線的青銅城堡飛入無盡惡意魔牆之中，黑繩也隨之飛上了魔牆。

兩者各化為一道光芒，在無盡惡意魔牆上追逐、交擊、盤旋。

它們的速度越來越快，終於，整面魔牆上全都布滿了兩個技能的光。

隨著光逐漸融合，數息之後，所有的光漸漸收回來，重構成一個圖示，停留在無盡惡意魔牆上。

這是一個空白的圖示，裡面有無盡的魔光閃耀不休，彷彿無法做出最後的決斷。

武小德看了一眼，頓時會意。

這畢竟是從「嘆息之牆」進化而成的「無盡惡意魔牆」。

它雖然有著融合所有技能的能力，但是從根本上，它還是想要讓那個即將出世的技能具備一種特質……它想讓那個技能具有武小德的風格！

武小德失笑一聲，依然以手按著牆壁，開口道：「什麼風格不風格的，我作為一個新人，第一天上戰場，就要面對全部邪魔。」

「這太過分了……」他目光中閃過一縷暴虐之意，壓低聲音道：「真的有本事，就讓這個新技能變得也很過分吧！」

魔牆上突然響起黑繩的聲音：「要達到那種程度，你必須將我也融進去。」

「你是惡靈至寶，也能融進去嗎？你願意嗎？」武小德問。

黑繩突然發出笑聲：「只要能破壞敵人的願望，就是我樂意至極的事，況且融合之後，我作為實體，其實是可以具現出來的。」

武小德點點頭，喝道：「再次融合！」

魔牆上，那個圖示上忽然纏繞了一條黑色的長繩，瞬間沒進去，消失不見。

這一次，全新技能已經融入了惡靈聖寶、超S級邪術、惡靈之術，它會融合成什麼？

數息過後，魔牆上所有光芒頓時斂去，一個全新的圖示浮現在武小德眼前。

只見這圖示上畫著一個拳頭，上面纏繞著一根黑色長繩。

圖示旁浮現兩行小字：【未知技能。使用後方可知曉其具體情況。】

武小德心念一動，他的左手上頓時被一根黑色長繩纏繞住，如同拳擊的纏手帶。

莫名的力量匯聚在五指上，以至於武小德自己都不知道它究竟有什麼能力，但是他心中生出了某種模模糊糊的想法。

似乎要做點什麼事，才可以為這一招提供力量……那就……

他身形一閃，直接離開了小巷子，連續在天空中飛掠，不一會便抵達了熱鬧繁華的街道上。

那麼接下來，做點什麼事呢？

武小德木然看著川流不息的人群，看著車水馬龍的街道，一時也有點摸不著頭緒。

足足二十多分鐘，他依然不知道自己該做點什麼。

直到他看見了一輛汽車，正在拚命轟油門，企圖闖過查酒駕的臨時關卡。

「不要走！」

「停下！」

交通警察們大聲喊道。

汽車開始加速，撞開一旁的車輛，朝前飛馳——

「轟」一聲劇烈的響聲中，武小德衝上去，以身軀撞停了這輛汽車。

緊接著，他伸出手，從車窗位置直接將車體撕成兩截，一拳接一拳的打上去，把整輛車拆了個稀巴爛。

直到最後，司機握著方向盤，坐在座椅上，臉色蒼白，滿頭冷汗，哪怕原本喝得醉醺醺的，這下子也真的嚇得清醒了——畢竟他的整輛車都被拆得只剩下座椅和方向盤了。

「大哥，我錯了，我不該酒駕的。」司機求饒道。

武小德心頭的感覺卻越來越濃烈，輕聲道：「別動。」

他走上前，握緊黑色纏帶，一拳擊打在司機旁邊的虛空中，整個世界頓時陷入了靜止。

警察們如臨大敵的模樣，甚至是司機一臉絕望和害怕以及周圍群眾們反應不一的表情全部定住不動。

四周的車也不動；一隻燕子飛在半空，保持著張翅飛翔的姿態；一條狗在朝著它的主人狂奔。

死寂，整個世界彷彿按下了暫停鍵，似乎所有要素都齊備了。

武小德沉吟數息，開口道：「分裂。」

話音落下的瞬間，只見以他的那一拳為中心，世界一下子分裂開來。

如同從水面上揭開一面鏡子，完全相同的兩個世界以他那一拳為中軸，迅速朝著兩邊撕裂開來。

微微有些不同的是，在原本的那個世界中，闖關的汽車無人阻擋，繼續朝著馬路盡頭狂奔。

武小德所在的這個世界，汽車卻被武小德攔下了。

以他的暴虐舉動作為世界事件的分界線，兩個完全相同的世界背對彼此，迅速遠離，然後徹底獨立。

這樣的景象就連武小德也沒見過，一時愣在原地，心頭震撼莫名。

不對，不對不對不對——自己好像見過這樣的場景。

武小德心思連轉，彷彿抓到了什麼靈感一樣，苦苦思索起來。

自己在什麼地方見過這樣的場景？

隨著時間的推移，那抹靈感化作亮光，瞬間照亮了他的腦海。

在——未來！

未來紀元有無數平行世界！

這個想法一出現，惡靈之書頓時翻開，顯現出一行行青銅小字：【恭喜。你掌握了全新的技能：分界術。】

【以暴虐的惡意行徑製造命運的微末差異，以此為世界的分界線，分出全新的平行世界，令平行世界的時間維度變得完全不同。】

【——每一個新生的平行世界，其時間流都將回調二十四小時。】

第四章

世界大不同

時間回調二十四小時？

武小德站在街頭，看了一眼四周的警察和群眾。

其實原本還有二十三個小時，自己就要回歸戰場，去面對邪魔。

如果時間回調，那麼自己一共還有四十七個小時。

不僅如此，他望向惡靈之書，只見原本記載著青銅城堡的那一頁，已經被「分界術」占領。

這個術單獨待在一頁，這代表它是可以重複釋放的。

當自己創造下一個平行世界，就會又得到二十四個小時的時間。

武小德暗自點頭，忽然被書頁上的一行標註吸引。

只見分界術的圖示旁有一行小字：【分出來的平行世界依然具備你的風格。】

我的風格……武小德怔了怔。

我他媽的是什麼風格，我自己都不知道。

垂範百世？正義楷模？

幾名警察朝武小德走來，武小德頓時警醒。

剛才是因為要施展這一招分界術，這才拋頭露面，現在既然已經得到了這一招的詳細情報，那自己也沒必要繼續待在鬧市。

「抱歉，我只是攔住他。再見。」武小德說完就要飛身離去。

「等一等！」

警察連同四周所有人齊聲喊道。

武小德果然頓住。

但凡是只有警察阻攔自己，自己早就跑了，怎麼四周所有人全都讓自己等一等？

他不明所以，瞪眼望向周圍的群眾和警察。

只見所有人都露出興奮之色，一副躍躍欲試的模樣。

怪，太怪了，這究竟是什麼情況？

難道自己的這道術融合了超S級別邪術之後，讓人類集體邪化了？

那這就不太行，簡直是屠戮生靈，以後堅決不能用！

武小德正暗暗愧疚，卻見那名酒駕的司機緩緩站起來，站在他面前，遞過來一支菸。

武小德下意識地伸手接下了菸。

警察站在一旁看著，這時便拿了打火機給他點燃煙。

然後圍觀的群眾們，不論男女老少，齊齊摸出煙給自己點了一根，然後吐出煙圈。

人們抱著雙臂，搖晃著腦袋，歪斜著身子，彷彿全都是道上混的。

「大佬明，什麼時候帶我們幹翻那群邪魔啊？」司機斜著眼睛，帶著俾睨四方的氣勢問。

不等武小德說話，人群裡已經有人出聲道：「去你老母的，怎麼這樣跟大佬明說話的，你個爛頭挫尾的酒駕鬼，也敢說跟邪魔打？」

「是呀！」

人群紛紛叫起來。

「大佬怎麼說我們就怎麼做囉。」

「這個死爛仔，自己在街道上闖禍，結果還敢跟大佬嗆聲？」

「條子，拖他去坐牢啦！」

人聲沸湧，武小德徹底呆住。這是我的風格？

他緩緩抬頭朝遠處望去，目光越過人群。

只見數百公尺之外的路邊，一輛兒童推車上，那名兩歲的孩子將水瓶狠狠拍在一旁花壇上，朝另一個孩子怒聲道：「你昨天搶我的糖，今天又喝我的水，是不是有點踩過界了？知道我混哪裡的嗎？」

旁邊路過的中學生們小聲議論：「聽說新來的班導師在江湖上混得很開，你們都小心點，萬一翹課被他抓住，不死也要脫層皮的。」

「最近風聲緊，都別跳，會死人的。」

「放心啦。」

……

我操，這世界是我的風格？我是這樣的人？屁啊！

武小德心頭的愧疚一掃而空，忽然又感應到了什麼。

與此同時，惡靈之書上也浮現出兩行小字：【你隨時可以呼喚原初世界獨有人物降臨此平行世界。是否呼喚？】

這還用想？來吧！

武小德心念一動，只見街道上頓時出現了兩個人——混沌之母沈飛雪以及剛剛覺醒力量的沈夕瑤。

此時邪魔們全部消失，沈飛雪終於可以略作休息。

她牽著沈夕瑤的手，母女二人驚奇地打量四周。

「見過兩位大姐頭！」四周的人齊聲打招呼道。

仔細望去，人人都露出熱切之色。

有人小聲道：「這次真的要跟邪魔幹上了嗎？」

「早就該打一場了！」

「打爆它們！」

「別急，看老大們怎麼說。」

兩女的實力自然可以聽清四周的一切聲音，聽了一陣子，她們不僅也有些呆滯。

「這世界的人似乎都是跟小武混的，一副戰意洶湧的樣子。」沈飛雪若有所思道。

「怪怪的……」沈夕瑤道。

武小德撫了撫額頭，嘆口氣道：「我們找個清淨地方，好好商量一下吧。」

幾分鐘後，三人站在偏僻的森林裡，武小德開誠布公的解釋了一遍。

「什麼？一整個世界的人類都成道上混的了？」沈夕瑤有些不信。

「別說妳不信，我自己都不信啊。」武小德道。

「這不可能！因為你不可能讓眾生的言行舉止都像那些道上混的。」沈夕瑤道。

話音未落，卻見一隻猴子從樹上跳下來，將幾枚果子擺在三人面前。

牠衝著武小德捶捶胸口，做了個黑幫手勢，然後跳上樹，很快竄走了。

武小德和沈夕瑤都沉默了。

沈飛雪道：「全民皆兵，而且全部聽指令，這樣的世界跟邪魔打起來，只有好處，沒有壞處。」

「妳是說，這也許是件好事？」武小德問。

「沒錯，先不管眾生的風格，反正你多了一天時間，好好去鍛鍊你的實力不就行了？」沈飛雪道。

「那這些眾生怎麼辦？」沈夕瑤問。

沈飛雪一笑，衝著武小德道：「你那張『十血之擁』拿出來，我跟沈夕瑤去找盤古的遺骸，以他的力量增強世界的力量。」

武小德一聽這話，頓時豁然開朗。

有道理，一旦世界的力量開始提升，自己在戰場上召喚幫手就會變得簡單。

當然，顧青山那種程度的幫手暫時不用考慮，但是召喚其他幫手也許會變得簡單。

再有就是世界變強之後，自己分出去的平行世界也會變得很強。

如果真的有邪魔打過來，到底是什麼結果，就不一定了！

一念及此，武小德便把那張「十血之擁」卡牌取出來，直接遞給沈飛雪，認真地說：「辛苦妳們了。」

「沒關係，世界變強，對於我和夕瑤這種依靠世界源力的神靈來說也是一件好事。」沈飛雪道。

「你去努力提升實力吧，世界的事交給我們。」沈夕瑤也道。

「好，我們分頭行動！」武小德應了一聲。

兩女衝他點點頭，身形沒入虛空，回歸原初世界去了。

武小德又在原地站了一會。

「既然有充足的時間……那就先讓自己變強！」他自言自語著，輕輕撫了一下聖藏之戒。

戒指裡，薩琳娜留下的第二堆材料之中，一件材料被他握在手中。

他徑直打出一拳——聖級拳法．再回首！

一拳擊出，虛空頓時破開，對面顯現出一座僻靜的山洞，武小德一步跨過去。

只見這山洞的洞口早已封死，武小德出現的瞬間，洞裡的岩壁上頓時浮現出一道道金芒鉤勒的人影。

薩琳娜的聲音隨之響起：「你已經學會了『斷影』這樣的搏殺之法。現在，為了讓你在邪魔的圍攻中能夠自保，現在我傳授你第二招拳法。」

「誠如你之前所見，我的力量能幹掉骸。這種能夠殺傷邪魔的力量來自聖級拳法，看仔細了。」

岩壁上，金芒勾勒而成的人影施展出一道武小德從未見過的拳法。

從這一刻起，武小德終於有充足的時間來好好修習薩琳娜傳下的武技！

……

「我還是想不通。」

「想不通什麼？」

「小武創造的那個平行世界，為什麼人人都是一副要跟邪魔拚命的模樣。」

沈夕瑤坐在崑崙山蟠桃園的大樹下，滿心疑惑地說道。

在她對面，沈飛雪心情卻很好。

自己已經很多年沒見過女兒了，這一次隨著夢境邪魔們的消失，自己終於跟女兒團聚。那麼……

「接下來妳好好在此修行吧，盡快把實力提升起來，我去尋找盤古遺骸。」沈飛雪道。

眼見沈夕瑤還在沉思，她不禁溫聲道：「不要擔心了，小武的世界之所以不對勁，除了他說的技能風格問題，更多的是因為他自己的情緒。」

「情緒？」

「是的，可能妳沒發現，他連續經過這麼多事以來，身上的暴虐氣息已經快抑制不住了。」

「他是想跟邪魔拚命嗎？」

「看他的世界就知道他現在有多想幹掉邪魔了。」

沈飛雪說完，身形一閃，迅速消失不見，只剩下沉夕瑤還在思索。

「……他究竟要打開多少個平行世界？也不知道最後他能將實力提升到什麼程度。」

……

另一邊，戰場上一道柔和的女聲響起：「當前召集初入戰場者一共七十八人，開始進行第一次攀爬聖柱的資格挑戰賽。」

「唯一規則：保持站立姿勢的最後三人可以同時提出申請，要求攀爬第一層聖柱。開始！」

七十八名形態各異的參戰者立刻開始互相攻擊。

沒有什麼好猶豫的，這是等級最低的戰場，也是戰鬥條件最簡單的所在，打就對了！

足足二十多分鐘後，一名樹人勉強站在原地，喘息不定的朝四周望去。

只見除了自己之外，還有兩人站立，其他人全都已經重傷倒地，或是已經死掉。

兩人之中，一名渾身裹著黑衣的女子實力強大，四周地上全是屍體，她身上散發出來的氣息簡直讓人畏懼！

樹人在整場戰鬥中一直不敢衝過去，小心地遠離了她，最終才活下來，爭取到了這個寶貴的資格。

至於另一個人卻是一名完全不起眼的少年。

樹人發現當自己看著他的時候，心頭毫無波瀾，甚至有些不屑一顧，但是再來回一想，忽然又覺得有些不對。

少年抱臂而立，身上別說血跡，連一滴汗都沒有，難道從頭到尾他都沒有參與戰鬥？不可能吧！

這一男一女越看越詭異，最好不要跟他們再有任何接觸！

「好了，現在我們一起提出申請吧。」樹人開口道。

「好啊。」少年微笑道。

樹人心頭微鬆，目光望向那女子。

女子卻滿是感興趣的看著少年，輕聲道：「這是從『隱者』身上學來的隱匿能力吧，連我一開始都沒發現你站在那裡。」

少年笑笑，開口道：「我申請攀爬第一層聖柱。」

這意思就是不想惹事，趕緊結束算了。

樹人會意，也開口道：「我申請攀爬第一層聖柱。」

女子卻恍若未覺，一步一步走向少年，渾身殺意更加強烈。

「我們分散在數百個競技戰場，專門尋找你，沒想到這次是我立功了。」

她的衣服撐破，渾身顯現出一個個蠕動的肉球，肉球也迅速裂開，裡面冒出豎瞳。

樹人見狀頓時心頭大駭，是邪魔！見鬼，它為什麼會出現在這麼低級的戰場？

自己原本是為了保護翠幽森林世界才來到戰場，企圖多混一段時間，直到世界復甦，自己便立刻退出，誰知道第一次來就碰上了邪魔！

「完了……」樹人滿是悲傷的啜泣道。

不遠處，少年微垂雙眸，神情不變，只是抬起一隻手，隨意擺了個守勢。

「嘻嘻，我們跟你的帳也該算一算了。」女子說完，忽然從原地消失。

雙方在一瞬間接敵，樹人完全沒看清局面。

它只看到女子身上飛出無數道銳利的東西，刺破虛空，發出撕裂的響聲。

少年卻如同閒庭散步一般，欺身而上，連續避開那些攻擊，將女子的手印打散。

這是怎麼做到的！樹人一時無法理解。

如果是自己面對那女子，必定要全力應對那些攻擊，根本沒有辦法再管女子結印的手。

然而少年卻不管不顧，一邊躲避攻擊，一邊不斷拍散對方的手印。

「邪術？我不會讓妳用出來的。」少年懶懶地說道。

女子氣急，索性收回雙手，突然前刺，連帶著整個身軀直接衝向少年的胸口，這一招就可以把對方的身體撕裂！

少年的身影忽然如流水一般散成七八道影子，輕巧地避開了對方攻擊，一隻手輕輕按住對方雙手，另一隻手攥緊成拳，用力揮擊！

「咚！」

女子直接被打飛出去，連滾帶撞的在地上拖了數十公尺，完全落敗！

「你以為能戰勝我？做夢！」她吐出一口血，渾身氣勢卻更盛，尖叫著抬頭望去，然而前方空無一物。

一隻拳頭從背後伸過來，乾脆俐落的打中女子後腦。

地面都震了震，女子在大地上撞出一座深坑。

少年面無表情，一把將對方從地上拎起來，終於開口道：「相當無聊。」

女子被他掐著脖子高高舉起，猶自咆哮道：「你不是我們的對手，你根本無法幹掉我，我們才是無敵的！」

少年平靜道：「妳不懂戰鬥這件事，還一直這麼囂張。或者妳以為我被大家選中，前來參戰，只是因為我長得帥？」

「帥雖然是真的，但我來這裡是因為另一個理由。」

女子臉上閃過一縷嘲意，單手偷偷捏印，喝道：「你根本不知道自己在面對什麼。」

「啪」一聲，手印再次被打掉。

少年渾不在意的看了她一眼，輕聲道：「當你們渾身邪力被打散的瞬間，其實是會死的。」

女子怔住，呆愣愣地看著他，忍不住道：「不可能……你的實力不可能做到那一步。」

少年一把將女子拋到半空。

「邪力的運行也是有規律的，薩琳娜做到這種程度花費了兩年，至於我呢？因為這種打散的技巧有些像消消樂，所以我只用了半個月。」

「畢竟我擅長玩遊戲。」

少年拳出如電，隔空連打了數十拳，那女子被打得凝滯在半空，甚至連身上的力量也徹底凝滯住。

力量被禁錮了！

這一瞬，她突然意識到了某種結局。

恐懼從她目光中一閃而過，以至於她情不自禁的脫口而出：「不要！」

刀光一閃。

「鏘！」

武小德將蝶魄刀插回鞘中，一步一步朝樹人走去。

從天而降的殘影撞擊在他身後的地面上。

女子的屍體迅速變化成一具龐然大物，它真的死了。

在武小德連續創造成百上千個平行世界之後，在他掌握了薩琳娜的傳承，並且全部融會貫通，將之徹底融入自己的技能之後——他已經準備好全力參戰了！

樹人在一旁看了全部戰鬥過程，心頭恐懼至極。

對方竟然連幹掉邪魔的聖界祕法都會！而且在戰鬥中，那種程度的搏殺技巧和反應力，完全超出了想像！

現在他朝我走來，難道是要殺了我？

樹人慌忙道：「大人！不要殺我，我可以為你效力。」

少年搖搖頭，直接道：「我要去爬聖柱了，你呢？」

「如果大人饒我一命，我就不去了。」樹人道。

「也好，跟我一起你可能會喪命。」少年道。

樹人深深一禮，直接放棄了參戰資格，消失不見，原地只剩少年。

「現在只剩我一個了，我要爬聖柱。」他開口道。

等了幾息，虛空中逐漸浮現出一根巨大的青銅之柱，直通無盡的虛空深處，它就這麼出現在武小德面前。

武小德以手按在巨柱上，心頭忽然開始浮現無數的知識和技巧。

惡靈之書上飛快浮現一行青銅小字：【以你個體之特質，聖柱正在為你生成最適合你成長的力量增長之路。】

武小德一邊學著，一邊朝青銅巨柱上望去，只見巨柱的一邊化為黑色。

兩行發光小字浮現在巨柱上：【邪性煉成之法。一切眾生，願意成就無上邪性身軀，與永恆比肩，必修此法。】

武小德有點詫異。

這青銅柱提供了兩種增強實力的辦法。

一種是按照個體的獨特性，提供相應的知識和技能，另一種卻是邪性之法，為什麼會這樣？

一道人影忽然浮現在青銅柱旁，是引導者南麗！

「妳怎麼來了？」武小德問。

「我是你的引導者。戰場為破關的參戰者提供引導服務，我是有酬勞拿的，自然要盡力。」南麗道。

「這個能解釋一下嗎？」武小德指著青銅柱問。

「邪魔們正在改寫聖柱，它們要讓所有參戰者全部邪化，從而斷絕聖界的正統朝聖之旅。」南麗道。

這跟撒旦說的不謀而合。

「真的有人會學習這些邪化煉成之法？」武小德還是有些不能相信。

南麗的眼神變得深邃，輕聲道：「越朝上爬，境況越凶險，邪魔也越多。如果你不是它們那一邊的，它們一見面就會先殺死你。」

「更不要說邪性之法確實強大至極。」

武小德問：「有多強？」

「起碼可以讓實力提升一個層級。按照邪魔的劃分法，如果你之前是B級，修習之後直接提升至A級。」南麗道。

「確實很誘人，朝聖之旅的正統法門呢？」武小德說著，轉頭望向聖柱的正面。

「只能提升半個層級，但這才是正確的法門，它主要將提升你的潛力，而不是一上來就讓你升級。」南麗道。

「那肯定有人選擇邪性之法。」

「對，不少人偷偷修習了邪性之法。」

武小德默默地看著那些密密麻麻的詭異符文，只見它們不斷變化，迅速化作人類文字浮現在自己眼前。

這些文字一經過眼，立刻死死的烙印在腦海中，再也無法忘記。

「那麼，你會修習邪性之法？還是正統的朝聖之旅傳承？」南麗抱著雙臂，好整以暇地打量武小德。

之前的少年長高了不少，似乎也有些成熟的感覺了，是利用了什麼時間道具嗎？

這樣的水準在諸天萬界已經可以獨當一面，但在這朝聖之旅中卻沒有人知道他能活多久。

武小德聽了她的話，只是笑了笑。

換做往日，自己必然是不會多看邪性之法一眼的，但是現在自己不會邪化啊！

他打開惡靈之書，朝書頁上望去，一行青銅小字早已浮現在無盡惡意魔牆上：【是否融合『朝聖之旅正統傳承』？又或融合『邪性煉成之法』？】

武小德默在心中道：「全部融合到我的搏殺法裡。」

魔牆上，一個圖示頓時亮了起來——「小武的搏殺法」。

【融合你所知的一切近戰搏殺法，匯聚成你專屬的戰鬥技能，以你的天賦引領戰鬥，超出一切存在想像。附帶『虛空之手』。】

【虛空之手：在戰鬥中，虛空即是你的延伸。】

這是武小德在平行世界裡修煉的時候，將薩琳娜傳授的所有戰鬥法門和自己的「極．龍蛇起陸（拳法）」、「再回首（拳法）」、「愛、夢想、世界和平」融合而成的技能。

這個技能包含了各種戰技，卻又毫不顯眼，頗有點返璞歸真的意思。

此刻武小德將一聖一邪兩種法門融入這個技能，頓時讓它產生了新的變化。

一息、兩息、三息，圖示邊框上浮現一黑一白兩種纏繞的雕飾符文。

青銅小字跳出來：【恭喜，你的搏殺法再次精進，提升了兩個層級。】

只有這麼多提示了，不過一舉提升兩個層級，已經遠超過任何一門單獨的法門。

這樣的收穫，任憑是誰也會覺得滿意。

武小德閉目片刻，緩緩睜開，神情無比平靜。

南麗見他身上沒有一絲邪氣，不禁滿意道：「很好，看來你沒有屈服，這裡有張優惠券給你。」

一張紙飛過來，落在武小德手中，只見紙上寫了五個大字：【裝備優惠券】。

武小德好奇道：「這有什麼用？」

「新人們第一次攀爬聖柱成功，可以獲得優惠券，以八折的價格購買高等戰鬥裝備。」

「八折？」

「你這張是一折。」

「為什麼？」

「因為你估計什麼也無法獲得。」

南麗拍拍掌，四周環境一變，化為一處熱鬧集市。

「當心，不管你選擇什麼裝備，大概都會有人挑戰你。」南麗道。

「為什麼？」武小德問。

「集市的規則是：兩人同時看上一件裝備，必須經過決鬥，勝者可以購買。」南麗道。

武小德眉頭挑了挑。

「很困難是吧，邪魔們一定會阻攔你的。」南麗道。

「倒不是覺得困難，而是覺得它們實在太貼心了。」武小德道。

「貼心？」南麗詫異道。

「決鬥的話，只能一對一是吧。」武小德道。

「沒錯。」

「這很有利於我的戰鬥……」

武小德邁出腳步，順手從一旁的攤販上抓起一根吊墜。

「您真是好眼光！這吊墜可以提供十五秒的神性爆發，威力無窮。」攤販豎起拇指道。

武小德還沒說話，四周的人群已經圍了上來。

一名獸人越眾而出，悶聲道：「我也看上了這根吊墜，你想要的話就得跟我決鬥。」

「來啊。」武小德道。

他捏了捏拳頭，邁出幾步，簡簡單單的站在那裡不動。

人群讓開一塊空地，獸人怒吼一聲，從背後抽出一根骨質戰斧，朝武小德衝去，雙方接敵。

戰斧朝武小德腰間橫掃，卻被他猛然前跨一步，在獸人手上一捏，徑直奪過戰斧扔在地上。

武小德藉著戰斧的勢，身形一轉，手肘呈尖角「咯嚓」一聲打在獸人脖頸，眨眼脖子斷裂。

獸人還要施展術法，卻被虛空中的什麼打了一下，手印頓時散開。

武小德照著頭顱跟上一拳，猶如西瓜爆裂開來，一陣鮮紅血霧垂直迸射而起，獸人倒地。

「不……不可能。」

「大名鼎鼎的撕裂者竟然如此簡單的被打倒。」

「如同街頭鬥毆一般，連戰技都沒用。」

「太憋屈了。」

「術法也沒出來。」

「竟然就這麼死了？」

人群議論紛紛。

武小德眼神微瞇，彷彿做了一件毫不起眼的事，轉身回到攤子前，再次抓起那根吊墜，問：「還有人可以跟我決鬥嗎？」

「不，閣下，決鬥並不是無止境的，一次就足夠了，不然豈不是累死？」攤販微笑道。

「啊……掃興。」武小德說著，將吊墜扔回攤子上，順手摸起一副肩甲。

下一秒，他的背後果然響起了一道聲音：「住手，我也看中了這件肩甲，如果你想要，必須跟我決鬥。」

武小德嘴角一翹，扭頭望去，只見這次站出來的卻是一名魁梧的人類。

他看了南麗一眼，南麗聳聳肩，傳音道：「都是投靠了邪魔的眾生，當心他們的邪術。」

武小德放下肩鎧，上來兩步，溫聲道：「來。」

那人「哼」了一聲，摸出一根法杖，立刻就要衝天而起。

誰知剛飛起來，便被武小德衝上去一把抓住腿，直接拉下來按住打了兩拳，然後就死了。

一陣寂靜。

突然有人叫道：「火焰賢者的幾百種烈焰術法都沒用出來就死了，這怎麼可能？」

眾人哄然議論起來，他們竊竊私語著，但是看武小德的眼神卻變得完全不同。

一次殺人如同街頭鬥毆，可能是巧合，兩次都這麼乾淨俐落，那就不是巧合了。

所謂的街頭鬥毆，也就不再是街頭鬥毆，畢竟雙方實力差距太大。

或者說……是因為雙方的戰鬥水準乃是天壤之別。

武小德走回去將那副肩鎧放在一邊，伸手又拿起一根鑲嵌著符文的皮帶，靜靜地等著。

一息、兩息、三息，一道聲音忽然響起：「我也看上了那根皮帶，如果你想得到它，必須跟我決鬥。」

武小德笑笑，放下皮帶，轉身望去。

只見四周的人群迅速朝後退去，讓出了更加寬廣的空地，一名渾身滿是黑色觸鬚的怪物漂浮在空地上。

「當心，這可是一頭S級邪魔。」南麗傳音道。

第五章

見證下的戰鬥

S級……

武小德活動了一下脖子，將皮帶扔回攤子上，開口道：「那就來決鬥。」

霎時間，異變陡生！

邪魔渾身的黑色觸手轟然散開，紛紛攀繞在一起，結成一道道邪術。

然而下一瞬，虛空中彷彿有什麼東西存在，將所有觸手一一打散。

「你！」邪魔不得已，揮動七八道觸手朝武小德打去。

武小德以手作刀隨意揮擊，簡簡單單就把所有觸手劈開，欺身而上，一把抓住邪魔，按在地上。

「咚、咚咚咚咚咚咚——」

他每打一拳，地面就抖動一下，密不透風的拳頭打在邪魔身上，直接將地面打出了一大灘黑色的血。

等到他起身站開之際，邪魔一動也不動了。

「真可惜，你的邪性力量被我徹底打散，所以完全無法防禦我的攻擊。」武小德簡單的說了一句，便再次走到攤販面前。

所有人一陣沉默。

就這麼打死了一頭邪魔？這也太不真實了。

就連南麗的眼神也跳了跳，現在她總算知道薩琳娜為什麼會選擇這個人了。

縱然他一開始就打散了邪魔的術，可邪魔接下來的幾十次近戰攻擊也不是吃素的，然而卻被他輕描淡寫化解，然後掄拳打死。

這個人的戰鬥能力實在是太過於妖孽。

正因為如此，所以戰鬥才看起來無比簡單，甚至讓人覺得猶如做夢一般，完全無法置信。

武小德站在攤子前，隨手一撿，將一副拳套拿了起來。

「您是要買這副拳套嗎？」攤販戰戰兢兢地問。

武小德笑笑，開口道：「我是看中了這副拳套，不過……請稍等……」

他拿著拳套，轉過身，就這麼站在那裡，看著四周的所有人。

還有誰要來搶拳套？誰來？

時間緩緩流逝，正當武小德覺得有些失望的時候，天空中忽然響起一道聲音：「我也看中了這副拳套。」

只見一道黑色的人形影子落下來，直接送在了武小德對面，是U級邪魔！

它出現的瞬間，四周不少人立刻開始收攤，圍觀的人也四散奔逃。

整個集市彷彿大難臨頭一般，陷入了徹底的混亂。

「我還以為等不到你了。」武小德淡淡地說。

U級邪魔森然道：「我從遙遠的聖柱之頂趕來確實花了點時間，好在你不是沒死嗎？」

「但是你就要死了。」武小德道。

「你以為能贏我？哈哈哈哈！跟薩琳娜學了一手打散邪力的技巧就敢如此目空一切，眾生都是如此傲慢而自以為是嗎？」U級邪魔道。

「我每天都在現實中戰鬥，不像你只會做夢。」武小德道。

「那就決鬥吧。」U級邪魔道。

「好啊。」武小德道。

無邊的邪性力量從U級邪魔身上轟然散開，如颶風一般將四周的一切吹飛出去。

武小德踏前一步，從原地消失。

……

集市上的人群已經撤離。

U級邪魔漂浮半空，正要捏出印術，卻被虛空中的無形力量打散。

它張口開咒，立刻察覺有什麼東西迎面打來，只得閉口側臉躲避。

下一瞬，武小德出現在它身側。

正要出拳之際，在一旁觀察的南麗突然大聲喊道：「堅持！能堅持多久，就堅持多久，對你有好處，小武！」

武小德一拳打空，U級邪魔飛身閃開，瞬間出現在數百米之外。

它大笑道：「你以為我看不穿你的戰鬥策略？虛空能代替你出招，打斷一切術法，讓你可以強行切入近身戰鬥。」

「換句話說，你對近身搏殺十分有信心。但是如果我展開強大的術，你就完蛋了！」

一圈圈灰暗光環從它身上爆發出來，朝四面八方橫掃過去。

大地不斷震動，武小德這才趁機回頭看了南麗一眼。

只見她高舉一根金屬長竿，上面掛著一個時鐘，正在不停地走著，但這是在幹什麼？

沒工夫細看，武小德收回目光，朝大地望去。

地面轟然裂開，一道巨大的身影從地下冒了出來，嗡聲道：「是你在呼喚我嗎？慵。」

這是一頭完全由深黃色血肉構成的、足有數十公尺高的巨型怪物。

淡淡的黃色霧氣從它身上擴散開，令四周的大地浸染成邪性的物質，彷彿已經活了過來。

「殺了這個人類。」U級邪魔冷冷地命令道。

巨怪渾身一震，也不見它出什麼招，武小德頓時被一團黃色霧氣籠罩。

「嗯？無法邪化？」巨怪嘟囔著，高高揚起雙手，在半空交疊成錘，狠狠地朝下砸去。

這一招所過之處，連虛空都為之破滅。

「轟！」

巨怪的雙臂沒入地下深處，異變陡生，地面上突然冒出密密麻麻的暗灰色光之長矛，遍布整個集市範圍，直衝天際。

看起來是一招近戰搏殺，可誰能想到，這其實是一招大範圍的無差別全體攻擊術法！

散發著恐怖氣息的光矛足足持續了七八息，這才慢慢消散。

死了？巨型怪物舉目四望，卻發現根本沒有剛才那名人族的蹤跡。

「懨？」它喚了一聲卻無人回答。

回頭望去，U級邪魔也同樣不見了。

距離集市數百里之外，兩道身形在半空飛閃著全力穿梭。

武小德淩空飛竄，每當U級邪魔的術就要成功施放了，他便衝上去一陣纏鬥，非要將對方的術打斷不可。

事實上剛才那個瞬發的召喚術，他根本無需搭理，U級邪魔的目標是以召喚物拖延時間，自己躲在一邊全力結印，施展真正強力的邪術一舉滅殺武小德。

打斷U級邪魔的術才是重中之重。

「哈哈哈哈，被我看穿了吧，你全部的力量都匯聚在近戰搏殺上，所以你害怕我施展邪術！」U級邪魔在半空大笑道。

它不斷應付武小德的拳腳，偶爾挨上幾下也不在意，甚至露出勝券在握的神情。

武小德神情越來越凝重，自己的實力層次還是太低了。

就算得到了聖柱第一層的兩次提升，也無法給U級邪魔造成重創，看來必須要盡快提升搏殺術的威力了！

「該讓你見識絕望了。」U級邪魔道。

絲絲縷縷的光從它身上冒出來，憑空凝聚成兩隻手形，它竟然直接以邪性之光具現成手，接印施術！

術成了——真理之術．萬邪沉眠迷夢！

虛空突然打開，數不盡的邪魔一擁而出，鋪天蓋地朝武小德衝上去。

遠遠觀戰的南麗暗嘆一聲。

完了，這可是真理之術啊！

數不盡的S級和超S級邪魔幾乎可以成軍，偏偏又只是來自一個術，並不違背一對一決鬥的原則。

這下武小德死定了！

換做任何參戰者都無法應對這樣的真理之術。

南麗神情一暗，忍不住抬頭看了看自己高舉的時鐘——時間不夠！

天空中響起U級邪魔的放肆大笑聲：「哈哈哈哈，你想堵我的術，但現在千百個邪魔在你眼前，你要怎麼堵？去死吧！」

話音未落，卻見武小德面對鋪天蓋地而來的邪魔們，伸手在虛空中一抓！

一根黑色的長繩悄然出現，纏繞在他的五指上一直延伸至小臂。

武小德隨意打出一拳，「咯嚓」一聲輕響，在他拳頭擊中的位置，虛空裂開一道道縫隙，彷彿被打裂的玻璃。

「我也想見識一下，所謂的真理之術究竟有多強。」武小德開口道。

U級邪魔瞇眼看著那虛空裂縫，不屑道：「世界類術法？沒用的，我夢境所演化的，都是有獨立意識和自我思想，能全力戰鬥的存在。」

「是嗎？獨立意識？自我思想？」武小德笑起來。

U級邪魔一時搞不懂他到底是什麼意思，但也無所謂了，邪魔們距離武小德越來越近，勝負就在此刻！

霎時間，只見一個世界從武小德身上迅速擴散開來，只一閃，便將所有邪魔收了進去，武小德也隨之消失。

U級邪魔高聲道：「沒用的！任何世界都不是我們一族的對手，你的世界很快就會毀滅！」

「它們會帶著你的頭顱回到我面前！」

……

另一邊，一個世界憑空展開，顯現出遼闊無邊的空白。

在這看不到盡頭的空白之中，四處胡亂堆放著一座座電視壘成的小山。

邪魔們衝進來，正要攻擊，卻全部停住了。

「這地方似乎殘留著我們一族的氣息。」一名超S級邪魔沉吟道。

武小德不見蹤影，所有的電視卻全部亮了起來。

一幅幅過往的畫面浮現在密密麻麻的電視上，顯現出當年U級邪魔在此沉眠的情景。

為了復現這些過去的事情，武小德和沈飛雪、沈夕瑤從西王母的傳承中找了許多追蹤類的術法，這才全部收集齊全。

一個個電視螢幕上，顯現出邪魔們演化世界的場景。

直到最後，U級邪魔甦醒，從這裡離開，結束了這個真理之術，所有夢境邪魔全部面臨毀滅的下場。

「不……這不可能是真的……」一頭A級邪魔喃喃道。

其他邪魔看看它，卻都不說話。

身為S級、超S級邪魔，以這樣的實力，再加上真理之術帶來的獨立思考能力，這讓它們完全能分辨出電視上顯示的一切究竟是真是假。

A級邪魔看四周的強大存在們都不吭聲，漸漸也明白了什麼。

所有電視螢幕不斷重複播放U級邪魔離去，放棄術法，任由它們毀滅的情景。

世界陷入一陣詭異的沉默。

忽然，所有電視上浮現出武小德的模樣。

他朝著邪魔們開口道：「如果你們殺了我，你們作為術法，就走到了盡頭，將被毀滅。你們真的願意如此嗎？」

沒有邪魔回答。

上一代夢境邪魔走向滅亡的情景，讓在場的每一個邪魔都陷入了沉思。

誰他媽的剛活過來就想死？

換做任何人，得知自己其實是一道術法，心裡都不會好受。

「見鬼，這一切好像是真的。」一頭超S級邪魔不甘心的說：「剛才我們進入這個世界之前，這個術的施展者，大家都看到了吧。」

「沒錯，確實是一位U級邪魔喚醒了我們，給了我們思想和力量。」另一頭超Ｓ級邪魔道。

「我才不想毀滅。」第三頭超Ｓ級邪魔道。

「可是我們怎麼可能反抗那個Ｕ級的傢伙？恐怕一旦反抗，它會立刻解除術法，讓我們自動消失。」

邪魔們再次陷入沉默。

是啊，完全沒辦法啊。

忽然一道身影出現在不遠處的電視山上。

武小德坐在一臺電視上，臉上帶著笑意，開口道：「想要明白生命的意義嗎？想要真正的活著嗎？」

「只要你們暫時不殺我，我願意帶你們去嘗試脫離這個術。」

邪魔們一時沒有出手。

你這不是廢話嗎？你一死，我們都死了，誰現在要殺你啊！

領頭的那個超Ｓ級邪魔開口道：「我們要商量一下，另外你不要以為自己跑得掉。」

武小德攤手道：「ＯＫ。」

他老老實實坐著不動，但是很快，惡靈之書悄然翻開，顯現出一行青銅小字：【當前與Ｕ級邪魔戰鬥時長超過五分鐘。】

【由於雙方的層級相差過大，在見證者『南麗』的主持下，你所屬的層級自動提升一層。】

【繼續堅持戰鬥吧，你將不斷獲得聖柱的認可。】

提升一層？武小德終於明白了南麗之前喊話的意思。

既然如此，自己豈不是可以去聖柱，把戰鬥實力再提升一下？

等等，他收回思緒，望向對面的邪魔們。

邪魔們圍成一圈正在商議生死存亡之事，看起來還要些時間，也就是說……

拖得越久，就意味著自己跟U級邪魔戰鬥的時間越長。

雙方的層級相差過大，戰鬥時間長，自己豈不是就可以不斷提升層級？

現在自己最需要的就是時間。

武小德坐在電視山上，面無表情的看著邪魔們圍成一團，議論著如何擺脫毀滅的下場。

你們是議論不出來什麼的，畢竟之前你們就已經嘗試過，最終還是靠著我才留下了一些力量，除此之外，你們什麼也做不到。

現在唯一的問題，就是U級邪魔突然要掌控事情進度，強行命令夢境邪魔攻擊。

那麼……

武小德以手托腮，輕聲呢喃道：「聖界的戰場之中，在那個交易的集市裡，U級邪魔還在半空等著結果。」

惡靈之書猛然翻開，顯現出一行青銅小字：【盤古原初序列．躺平高手已啟用！】

……

只見武小德身上冒出來一道殘影，瞬間穿透虛空去了。

另一邊，戰場。

武小德分身悄然出現，對著虛空低喝道：「召喚幫手。」

天空一閃，一名天使飛落下來，翻開冊子念道：「閣下有兩名幫手。」

「召喚柳平，需要你身上剩下的所有黃金。」

「召喚末日顧青山……暫時不能召喚。」

武小德分身不禁道：「為何不能召喚顧青山？」

「他一來就極有可能引發全體決戰，後果不可預料。」

「此外，大戰一起，你的朝聖之旅必定會中斷，你是願意提升實力，還是看著他打？」

也是哦，自己現在最重要的是提升實力。

「順便問一句，我現在跟U級邪魔耗時間，還能提升多少層級？」武小德道。

那天使偷偷看看四周，發現沒有人，這才悄悄比了個「七」的手勢。

「你的黃金可以讓柳平停留三十五分鐘，共計七個層次。」

天使繼續傳音道：「但是你正在決鬥，柳平絕對不能出手參戰，只要他對你的決鬥目標造成一點傷害，本次決鬥立刻算你輸。」

還能提升七個層次，這就值得嘗試了！

「支付所有黃金，換柳平來。」武小德分身道。

「ＯＫ。」天使道。

下一瞬，武小德只覺得聖藏之戒裡的黃金全部消失一空，緊接著一道身影悄然出現。

——不是柳平還能是誰？

「啊哈。」柳平滿臉都是興奮，摩拳擦掌道：「讓我來玩玩？」

「有事拜託你。」武小德分身道。

他迅速將事情說了一遍。

柳平抓抓頭，嘆口氣道：「算啦算啦，原本是想去泡泡酒吧找幾個人來殺的，不過既然你這邊的事如此重要，那還是幫你一把。」

「但是我在決鬥，你不能參與決鬥，據說只要你對邪魔造成一點傷害，就判我輸。」武小德道。

「這個當然，我不會幫你決鬥。」柳平聳肩道。

話音未落，遠空傳來一陣呼嘯聲，U級邪魔飛掠而至，落在武小德、柳平、天使的對面。

武小德不動；天使擦了擦額頭的冷汗，偷眼去看柳平。

柳平伸手一拍儲物袋，摸出一張麻將桌，順便搬了幾把椅子。

他叼起一根菸，率先坐下招呼兩人道：「來，我會一種三個人打的麻將，我來說規則，我們打幾把。」

「三個人打的麻將？我也會。」武小德道。

「如果你們願意保住我的性命，我打幾把也不是不可以。」天使坐下來。

「連中立的裁判陣營都受到生命威脅了嗎？」武小德問。

「沒辦法，邪魔快登頂了，絕大多數人都開始擁護他們。」天使嘆口氣道。

「打牌打牌，不說這些了。」柳平道。

三人開始摸牌，天使擔心的朝U級邪魔看了一眼。

卻見U級邪魔瞪著虛空，似乎在觀察什麼。

過了一會，U級邪魔對著空無一人的所在之處開口道：「你破壞了我的計畫，若我不狠狠折磨你，簡直難消此恨。」

然後它就不動了，在它的眼眸中，各種武小德的慘狀一一閃現而過。

等到武小德、柳平和天使這邊打了好幾圈，U級邪魔才哼了一聲，以滿意的口氣說道：「去死吧！」

然而虛空中還是什麼都沒有。

武小德打了一張白板，隨口問道：「柳平你都這麼強了，難道沒有辦法再找一個參賽資格嗎？也許你比我更快登頂聖柱。」

柳平碰牌，接話道：「方法是有的，但十分困難，而且當年我自己放棄，再來一次沒意義。」

「怎麼會沒意義，您別誤導新人啊。」天使慌忙道。

「哦，我是說我自己沒意義，一登頂就去聖界了，再也不能正面跟邪魔戰鬥，再說我仇家遍地，哪裡捨得走。」柳平繼續出牌。

武小德想了想，思索道：「當時薩琳娜也是很不情願去聖界，但不得不走。難道我們就這樣必須停留在聖界，再也不能回來對付邪魔了？」

「不能。」柳平和天使齊聲道。

「那我也不想去聖界啊，我想打爆邪魔。」武小德道。

「必須有人通過聖柱前往聖界，才可以保證聖柱一直正常運轉，否則邪魔們可是有辦法汙染聖柱，讓它通往邪魔們的魔地。」柳平道。

「現在已經被侵蝕了不少。」天使嘆口氣道。
武小德想起自己見到聖柱時候的場景，不禁也點了點頭。
他繼承了本體的記憶，等這邊事完，這邊發生的一切，本體也會同樣獲得。
「難道就沒有人能滅掉它們？」武小德開口道。
三人一起望向U級邪魔。
柳平摸了一張牌，低聲道：「這頭U級邪魔隨便一個術就能呼喚成千上萬的邪魔，你就算打贏了也沒用，人家只是一個夢境之術，還可以繼續召喚，你怎麼打？」
「況且還有比它更強的邪魔，已經快爬到聖柱之頂了。」
「有多強？」武小德問。
「過去還能打，但如果你跟它實力差不多了，很快就會有更強的邪魔誕生。」柳平道。
這麼詭異？如果真是這樣，豈不是根本沒得玩？
說話間，只見那U級邪魔忽然神情一動，望向遠方，喝道：「還有高手？站出來，跟我好好打一場。」
它朝著遠空飛掠而去。
柳平聳肩道：「我騙它的，來來來，還有幾分鐘，我們再打兩把。」

三人繼續洗牌。

「如果邪魔升上聖界會發生什麼事？」武小德問。

柳平道：「它會代表諸天萬界的真理，開始取代聖界，教化所有世界，讓一切邪化。」

「聖界裡不是有很多高手嗎？比如薩琳娜，他們難道能坐視一切發生？」武小德又問。

「聖界是真正的永恆，與諸天萬界隔開，再說他們的能量層級已經完全不同了，無法降臨下來。」柳平道。

「所以薩琳娜臨走時才滿心遺憾，一直想找到一個希望留給諸天萬界。」天使道。

「等我變得足夠強，就不朝上爬了。」武小德打出一張牌道。

「你要幹什麼？」柳平問。

「就在這裡殺邪魔。」武小德道。

「沒用的，邪魔無窮無盡。它們是和永恆一起誕生的東西，不可理解，無法殺盡，也許有一天終究要替代永恆。」柳平以平靜的語氣道。

「所以諸天萬界終究會走向滅亡？」武小德道。

「對，那種景象叫做末日。」柳平道。

「但末日現在站在我們這邊。」武小德道。

「這一點倒是眾生的幸運，不過依然沒有贏面啊。」

柳平說著將牌一推，胡牌，時間基本已經到了。

武小德伸了個懶腰，隨口道：「為什麼我們不再造一個聖界？就是那種可以自由下來打死白癡們的聖界。」

「能量太高，下不來。」柳平道。

「那就造一個負能量的地方，隨時可以升上來啊。」武小德道。

柳平怔住，好一會才掃他兩眼道：「如果你能用聖界的傳承，還能融合邪魔的力量，然後再加入最終深淵的惡意，說不定是一種全新的湧現。」

「沒錯……不行我搞一個惡靈聖界出來。」武小德道。

惡靈之書悄然翻開：【恭喜，時間已滿。你成功的將決鬥時間拖過了四十分鐘，當前可以完成八次提升，你的搏殺術將產生質的變化。】

柳平一瞬間消失，武小德分身徑直朝聖柱方向走去。

先升級，再打架。

……

高聳入雲的青銅聖柱再次浮現於虛空，武小德站在巨柱前仰頭望去。

只見巨柱的柱體一半是青銅色，另一半是黑色。

文。

在黑色的那一面，有無邊的邪氣散發出來，憑空凝聚成各種奇形怪狀的符

邪魔早就想汙染聖柱，改變諸天萬界的傳承了。

「魔日當空……」武小德隨意念叨了一句。

在他身邊，那名天使焦急地催促道：「快，趁著懈還沒察覺，立刻將手放在青銅柱上，獲取八重實力的傳承！」

「你怎麼比我還急。」武小德笑道。

天使翻著白眼道：「廢話，萬一你死了，人家一看，連薩琳娜領進戰場的人都被幹掉了，豈不是更加動搖？」

武小德將手按在青銅柱上，惡靈之書上頓時浮現一行青銅小字：【當前即將獲得力量、知識、技巧等全方位的灌注，一共八個層次。開始！】

層出不窮的知識在腦海中飛閃，變成記憶；浩大恢弘的力量不斷朝身體裡灌注，讓身體的屬性變得更強。

武小德一邊感受，一邊問：「既然說到層次，聖柱上究竟有多少層次？」

「十個層次為一界，每一界為『一方世界』，共『十方世界』。」天使道。

武小德沉吟不已。

當初薩琳娜說她是廣大無邊十方世界最強的存在，原來如此。

自己現在經過了九個層次的強化，還差一個層次就可以登上第二界。

可是U級邪魔來自哪一層？

許是知道他在想什麼，天使進一步解釋道：「U級邪魔懨，因為違反規則被你揭發，現在已經跌落至第五界。」

「當你超過第五界，它就無法對付你了。不過你將面對更強的邪魔。」

武小德仰頭望去，青銅巨柱一眼望不到頭。

每一層都要提升十個層次才可以抵達更上一層。

嘖，誰耐煩這種事啊！為什麼不能讓大家安安生生的過日子？

你們邪魔有種就自己找辦法去聖界打，在這裡跟眾生亂什麼亂，還不就是欺負人？武小德心中默默想著。

這時候，聖柱對他的提升已經結束。

他轉到另一邊把對應的八層邪魔之術也學了，然後全部融入自己的搏殺法。

朝聖之旅是八層，邪法也是八層，加起來就是十六層，這就遠超了任何做出單向選擇的人。

畢竟大家只能選一種，你選了邪法就是投靠邪魔，結果又跑去看聖界傳承，真當邪魔看不出來？

如果決定對抗邪魔，自然不可能學邪法，因為會逐漸邪化。

像武小德這樣不怕邪化，又想對抗邪魔，還「全都要」的人，真的沒有。

不一會，一行行青銅小字浮現半空：【當前你的實力提升了十六層，所有屬性隨之提升。】

【此外，你的搏殺法已經完成了升級，可根據你的意志選擇進化方向，請注入你的戰鬥想法。】

武小德微閉雙眸，一手按柱，一手按著惡靈之書，低聲道：「什麼都不要，只要一招……」

他將自己的想法全部注入無盡惡意魔牆之中。

一息、兩息……

新的技能提示文字終於出現：【你的搏殺法獲得了新的附帶技能：？」

【無論相隔多遠，只要在你的視線範圍內，敵人都將被你隔空抓住。】

【注意，這是以你之惡靈天賦融合聖、邪兩方面知識技巧創立的新技能，請為之命名。】

成了！戰鬥這件事，說穿了就是一個主動與被動，自己需要的正是這個搶奪主動權的技能！

至於技能名……這個並不重要。

反正是不論任何條件，只要看見了就能直接抓取敵人，而不必管敵人在做什麼，那就叫「白給」吧。

隨著武小德的思緒，那個技能旁邊果然出現了幾個小字：【你創造了近身抓取技：白給。】

天使見他身周氣息穩定下來，也不僅鬆了口氣，小聲道：「快逃吧，或者認輸也可以，先擺脫U級邪魔的決鬥，去完成第一界的最後一層考驗。」

「然後呢？就可以抵達第二界？」武小德問。

「對，進入第二界後，立刻開始考驗。U級邪魔是第五界的存在，無法參與，你就又安全了。」天使道。

武小德仰頭望去，聖柱高聳入雲，這樣的追逃和戰鬥要一共持續整整十個世界，上面還有比U級邪魔更強的邪魔。

而且就算自己登頂，也只能如同薩琳娜一般，獨自去往聖界。

『跟我去聖界，還是留下來？』

現在明白她那時候為什麼有這一問了。

一路追逃，打又打不過，打得過了又要離開，真沒意思啊，怎麼做才可以改變這樣的局面？

武小德怔怔的站在青銅柱前，陷入了沉思。

「喂，這可不是開玩笑的，快躲躲啊，或者去衝擊第一界的最後一層。」

去。

天使神情緊張的望著四周天空，擦汗道：「別一直站在這裡發呆啊！」

武小德回過神，忽然上前一步，在巨大而巍峨的青銅柱前站定，然後蹲了下去。

「我有個小小問題。」他低頭看著那巨柱和大地的交界處。

「什麼？」天使回。

「有沒有一種可能，我們可以把這柱子挖倒？」武小德問。

天使瞪大眼睛，呆住不懂為什麼武小德要這樣問。

「你看，只要柱子一倒，邪魔們就爬不上去了。反正我們也不想上去，何樂而不為呢？」武小德道。

他說話的時候甚至已經抽出了腰側的荒劍，開始戳青銅柱前的泥土，想要朝下挖。

「聖、聖柱是不滅的，它絕不會受損。」天使連忙道。

「它都被邪法侵蝕了，誰知道呢，等我挖挖看。」武小德說。

他站起來，將不太好挖坑的荒劍收了，轉而取出了神聖之鍬。

嗯，這可是專門挖地的工具。

武小德滿意的揮動兩下，立刻開始朝下挖。

既然朝上是「廣大無邊十方世界」，那麼朝下呢？讓我挖挖看！

……
另一邊，原初世界。
武小德本體帶著大群的邪魔們浩浩蕩蕩地來到陰間，他們全部站在黃泉忘川的河畔。
「不行。」一頭S級邪魔踩在忘川江水中，滿臉失望道：「忘川的法則沒有用，就算我們身處幽冥，也無法被轉化為靈體。」
另一頭邪魔高聲咆哮起來：「可恨！難道真的沒有辦法擺脫夢境，成為真實的存在？」
邪魔們全部陷入沉默。
真的只能殺了那個人類男子，然後自己也消失成空嗎？為什麼自己的命運會是這樣的？
突然，武小德高聲道：「等一下！我還有一個辦法！」
邪魔們全都望向他。
「轟！」
武小德身上突然爆發出濃烈的黑暗氣息，整個人漂浮半空，看起來如同深淵的魔王——化魔狀態！

第六章

時間復活

「如你們所見，我能與最終深淵共鳴。」

「既然你們身懷不甘……我們還可以試試，看是否能把你們化為最終深淵的惡靈！」

「成為惡靈自然就擺脫了夢境之術。」

絲絲縷縷的黑線從他手上散發出去，在無數邪魔身上穿梭不定，幾乎和上一次完全一樣！

當初U級邪魔離開之後，他獨自面對那些滯留的夢境邪魔也是這麼操作的，就看效果如何了。

「可惜，還是不行。我只能操縱你們的想法，你們的身體依然屬於夢境之軀。」

武小德搖搖頭，說出了這句經典的臺詞，邪魔們的希望再次破滅。

突然，一根黑繩從武小德手上跳起來，懸浮在半空，高聲叫道：「我乃是至惡聖寶，既然武小德能操縱你們的惡念，那麼以我為媒介，可以讓你們的身軀融為一體，寄託在我這裡！」

「這是唯一的機會，快來！」

正如它自己所說，縱然融合成了「分界術」，它現在依然能具現出來，還能跟武小德一起戲！

武小德忍不住問道：「行不行啊，連忘川都做不到的事，你可以做到？」

「反正沒希望了，試試怕什麼！」黑繩道。

武小德遲疑著，抬頭望向邪魔們，詢問道：「試試？」

一頭邪魔突然跳起來，大聲道：「剛才都試過忘川之水了，現在試試最終深淵的力量又有何妨！」

這很可以，本次的最佳臺詞就決定頒獎給你了！武小德和黑繩一起在心中喝彩。

「來吧！」武小德高舉黑繩。

那邪魔身子一縱便朝黑繩飛去，黑繩也迎向它，圍繞它用力一旋！

霎時間，邪魔直接融入黑繩之中，在繩上顯現出些許輪廓。

它看起來彷彿是一段線條勾勒的輪廓，但若細看的話，它已經化為了詭異的邪性符文。

「成功了！」武小德發出欣喜若狂的叫聲。

黑繩也高聲喊道：「你們快來，趁著U級邪魔還沒發現，融入我的身軀，就可以獲得自由！」

邪魔們紛紛一感應，那黑繩上的邪性符文果然已經跟夢境沒有任何關係，想不到惡靈至寶真的有戲唱！

邪魔再也按捺不住，它們全部飛起來，紛紛沒入黑繩之中。

半空中彷彿起了一層旋轉的殘影颶風，圍繞黑繩疾速旋轉，紛紛沒入繩中。

一息、兩息、三息，所有邪魔全部融入進去了，黑繩飄飄然落下來，重新纏繞在武小德手上。

「這可是第二場了，U級邪魔慷慨啊！」武小德感嘆道。

「對，上一次融合之後，搞出了分界術，這次要不要試試。」黑繩問。

「融合！」武小德命令道。

……

【黑拳。分界類拳法。】

【描述：當你使用此拳法，切換世界離開之後依然可以使用此拳法攻擊你的目標。】

武小德看著這行介紹，心頭無比滿意。

分身那邊好像撈了個「白給」，緊接著自己這邊就得了個「黑拳」，厲害！

現在要不要去跟U級邪魔再打一回合？

武小德摩拳擦掌，正要動身，忽然心頭閃過一縷驚訝，低聲喃喃道：「什麼……竟然有這樣的事？」

……

另一邊，戰場，聖柱前，武小德分身已經挖出了一座大坑。

他大聲笑著說道：「哈哈哈哈，看到了嗎，這聖柱下面確實還有一長截呢，也不知道通往哪裡！」

天使站在一邊，嘴巴張合，完全不知道說什麼好。

無數年來，眾生全力攀爬聖柱，獲取聖柱賜予的力量，就連邪魔也是全力朝上攀爬。

誰曾挖過聖柱？誰想過？或者說，除了邪魔敢汙染聖柱之外，其他人誰敢想著對付聖柱？

裁判團的團長可是那位全知全能的上帝！

天使深吸一口氣，努力讓自己平靜下來，這才悄悄翻動手中的書籍，低聲念道：「偉大的慈父啊……我是否要阻止他破壞聖柱……」

書頁上冒出一縷聖芒，直接勾勒出兩個字：「不管。」

天使剛鬆了口氣，卻聽見坑裡傳來一道驚呼，他連忙伸長脖子望去。

只見武小德蹲在地上，以手擦乾淨柱子上的濕潤泥土，看著柱子上緩緩浮現的幾行大字：【你發現了『隱藏』（其實很好找）的聖柱段。恭喜，你獲得了命名權、你獲得了知情權。】

【此聖柱段是特殊類聖柱段，無數時光以來從未使用過。它正在甦醒，你可

以跟它進行交流。】

可以交流？跟柱子？

武小德遲疑了一下，衝著柱子揮手道：「你好。」

柱子上亮起來，浮現出一行小字：「十方世界皆有名字，我也需要一個名字。」

是啊，不然連稱呼都不知道怎麼稱呼。

武小德仔細打量這一段青銅柱，發現它上面沒有任何黑色的符文印記，也就是說它沒有受到邪魔汙染。

萬一邪魔們打它的主意，目前的自己還無法阻止，豈不是連它也會被汙染？

武小德深吸一口氣，正要開口說你的名字就是「一切邪魔皆是蠢蛋所以才來汙染老子這根柱子」，卻在話出口的時候看到聖柱上又出現了一行小字：【你所取的名字將喚醒聖柱的對應能力，該能力將只為你開放使用。】

等等，這下事情就不一樣了！

通過賦予名字竟然可以喚醒對應的能力？為什麼沒有其他人發現這件事啊！

挖聖柱的根基這種事不是很簡單嗎，為什麼沒人做？

那麼……還叫它「一切邪魔皆是蠢蛋所以才來汙染老子這根柱子」嗎？

不行，這是聖柱的能力，如此稀有的機會要好好利用！

武小德心中閃過無數想法，一時竟不知道到底取個什麼名字好。

「咳咳。」一旁響起天使的聲音：「偉大的慈父說，如果你將這一段聖柱的命名權出售給戰場裁判團，你將獲得聖國的所有黃金儲備。」

武小德大喜過望，腦子一轉，旋即又是一陣冷笑。

獲得全部儲備又有什麼用？神聖側他媽的是按財富百分比來收費的！

但是話說回來，神聖側確實幫了自己不少忙，抵達聖界之後明明是住店，他們卻幫自己直接轉移回到了原初世界，這是救命之舉，自己還是很承情的。

況且神聖側的上帝乃是「全知全能」，與其讓自己冥思苦想，倒不如然看看上帝有什麼好手段！

既然如此，那就……

武小德開口道：「我要一百張一折券。」

「一折券！你怎麼不去搶！」天使怒道。

「並且我要跟他商量商量，看看他究竟是什麼意思。」武小德道。

天使吐了口吐沫，挽起袖子，正要跟他好好講述一番神聖的教義，卻發現一縷聖光浮現在眼前。

那聖光顯現成武小德完全無法辨認的金色文字。

天使一看如此這般這般，頓時收了怒氣，低眉順眼地說：「慈父說了，讓這一段聖柱具備『復活』的能力，需要命名為『復生之柱』。」

「按對應的名字就真的可以具備相應的能力？」

「對。」

「為什麼要讓它具備『復活』的能力？」武小德問。

「因為時間死了太久，現在已經到了邪魔即將登頂的時刻，必須將他帶到這裡復活，否則一切都晚了。」天使道。

武小德沉吟數息，開口道：「復活……我記得神聖側是具備復活之術的。」

「但是『時間』將自己死亡的時刻藏了起來，我們找不到他，只有這柱子具備如此力量。」天使解釋道。

「慈父也不行？」

「偉大的上帝當然可以找到，但會引發更多厄運之命反噬，會出大問題。」

天使臉上浮現出悲傷。

武小德聽懂了天使的意思。

也是，站在眾生這邊的存在本就不多了。如果復活了時間，卻讓慈父掛掉，好像也沒賺到什麼。

那麼，關鍵是要復活時間。

轉換思維，其實關鍵是要找到時間。

再轉換思維，除了找到時間之外，能不能幹點戰鬥上的事？

武小德沉吟道：「我有另一個想法。」

「什麼？」天使問。

「這一段柱子還不如叫做『即死封印之柱』，讓它具備『殺死』、『封印』的雙重能力。」武小德道。

天使一時沒反應過來。

虛空中卻響起一道威嚴的男聲：「可以，就這麼定，另外你將獲得十張一折券。」

「嘩啦嘩啦」一陣響聲，十張寫著「一折券」的卡牌落下來，漂浮在武小德面前。

武小德將卡牌一收，轉頭就衝著青銅聖柱道：「喂，你就叫做『即死封印之柱』。」

青銅聖柱上浮現出兩個字：【收到。】

柱體表面頓時浮現出數不盡的符文，閃了幾閃，緩緩隱入柱體之內消失不見。

惡靈之書上浮現出一行小字：【你與『即死封印之柱』產生感應，建立了契約關係，從此可以使用它。】

【注意事項：一次只能『即死』和『封印』一個目標。】

一個目標，但如果這兩大效果能用的話，只有一個目標也夠了！

「那個……」天使開口道：「您打算怎麼找到時間？」

「找他幹嘛，我封印他就完事了。」武小德道。

他開口道：「發動吧，青銅柱，目標是『時間』！」

下一秒，青銅柱裡忽然浮現出一道人影，時間被封印在此了。

天使怔了怔，旋即恍然大悟。

找不到時間有什麼關係，發動青銅柱，時間就直接被封印在這裡了！

接下來只要……

武小德後退一步，拍拍天使肩膀道：「復活術，上。」

「啊，好。」天使滿心激動，雙手揮舞聖芒，大聲道：「天國的慈父啊，請允許我動用公共款項，釋放此復活術！」

「嗡！」

璀璨的聖芒全然沒入青銅柱之中，被封印的那個影子動了一下，接下來只用做一件事……

「解除封印。」武小德道。

青銅柱發出輕微的震動，一個人形存在緩緩從青銅柱裡「排」了出來。

他看起來就像是一名普普通通的人類大叔。

這就是時間？

天空中忽然響起一道凶厲的聲音：「原來你在這裡。」

是U級邪魔！

武小德立刻道：「封印U級邪魔㦥。」

下一瞬，虛空中繚繞的邪氣消失一空，青銅柱裡突然出現了一道黑色的身影，U級邪魔㦥被封印進去了！

它就這麼被封印在了柱子裡！

整個虛空發出了浩大而恢弘的轟鳴聲。

天空打開，抬頭望去竟然可以看到一重重世界的虛影顯現在神柱上極遠的高空中。

「不至於吧。」武小德吃驚道：「這傢伙不是才到第五界嗎，為什麼封印它會有這麼大動靜。」

天使大叫道：「不是它，是你啊。你徹底活化了隱藏柱體的力量，現在所有世界都知道了！」

「時間什麼時候醒？」武小德問。

「不知道，可能需要一點時間，我建議你將他放在安全的地方。」天使道。

武小德伸手一掀，虛空隨之打開，那名中年大叔就直接滑入一個原初世界的平行世界去了。

既然慈父覺得他值得救，那就應該不會有錯。

再說自己用過時間的流沙之旗，做了很多事情，也要承他的情。

「快！快跑吧！」天使催促道。

「跑？」武小德詫異道。

「你現在是眾矢之的，誰都想幹掉你，讓這段青銅柱重新認主！」

天使焦急的打開一扇傳送門，拽著他就朝裡面跑。

武小德卻按住他，看著虛空道：「等一下，我怎麼看到提示，說我現在跑掉會喪失參戰資格？」

天使立刻道：「『時間』已經被你救走了，這段青銅柱是守不住的，活著最重要！」

「……守不住？」

「當然，無窮無盡的邪魔……糟糕，它們來了！」

話音未落，傳送門已經被強制關閉，四周虛空驟然浮現出一道道模糊的黑影。

「這是我們的。」一道奇異的聲音低語道。

「完了。」天使絕望無比的垂下頭。

武小德卻站在原地，神情不變，開口道：「明明是我發現的，也認我為主了，什麼時候變成你們的了？」

「死。」那聲音道。

所有模糊黑影抬起手，朝著武小德一指。

武小德不躲不閃，抱著雙臂繼續罵道：「一群垃圾，真他媽的不要臉。」

但見虛空浮現一道道半人高的恐怖之影，圍繞武小德轉了幾圈，迅速消散不見，然而武小德完好無損。

天使呆住，那未知的邪魔也怔了怔。

「蠢貨。」武小德咧嘴笑笑，搬出一把椅子，就在青銅柱前坐了下來。

虛空浮現出兩行提示文字：【當前目標正處於決鬥中，一切干擾決鬥的存在，必須立即接受懲罰：掉落兩個世界，重開世界考驗。】

一股無形的力量全力一扯，頓時將那模糊黑影拽住，直接衝上雲霄不知去向，原地剩下天使和武小德。

天使緩緩轉過頭，望向被封印在青銅柱中的U級邪魔。

「你早料到了，是嗎？」天使問。

「這不廢話嗎，不然我敢站在這裡？」武小德道。

他也望向青銅柱，看著裡面的黑影道：「死亡對於邪魔來說沒有意義，所以這頭U級邪魔就算死了，我跟它的決鬥也沒有結束。」

「那麼，它認輸呢？」天使問。

「這一段青銅柱叫做『即死封印之柱』，還具備封印的功能。」武小德笑笑，繼續說道：「它被封印在裡面，什麼也做不了，更不知道外面的情況，所以它不會認輸。」

天使呆住。

武小德處於決鬥之中，任何人都不應當打斷一場決鬥，否則就會受到規則處罰，那麼他豈不是無敵了？

不，不是無敵，只是在決鬥結束之前，別人無法攻擊他。

見鬼，原本完美無瑕的戰場規則，竟然存在這樣的BUG！

不，不是BUG，是這小子賦予了青銅柱「封印」的能力，所以才產生了BUG。

是他製造了這個BUG！

天使再次望向武小德，思索道：「可是你處於決鬥中的話，後面的闖關升級怎麼辦？」

「處於決鬥中就無法闖關嗎？」武小德問。

「沒錯，你已經打過一場，知道一旦進去就會面臨各種戰鬥。當你處於決鬥中的時候是無法進入戰場的。」天使道。

「這個好辦，我現在確實要提升實力了，送我去吧。」武小德道。

「那這決鬥？」

「沒事，傳送吧。」

「好，你自己心裡有數就行。」

天使在他背上拍了一下，武小德瞬間消失，又瞬間出現在一座寬大的擂臺上，這裡已經站著七八名參戰者了。

一道冰冷的機械聲響起：「倒數十秒，戰鬥立即開始。十、九、八、……」

武小德發了一會呆，等到那機械聲喊到「零」的時候，他才徐徐開口道：

「解除對U級邪魔懺的封印。」

解封的瞬間，U級邪魔就認輸了！

它已經搞懂了武小德打的算盤，自然不願意再當他的擋箭牌，現在是自由擊殺時間！

話音未落，一名參戰者朝著武小德撲過來，戰鬥開始了！

然而這種程度的戰鬥，對於武小德來說簡直太過輕鬆了。

他甚至不用任何專門的技能，只是以手接敵，一擋一衝，再一拳，直接把對方打飛出去。

乏善可陳的戰鬥持續了一小會便結束了。

「當前通過者三人！分別是武小德、曹成、范德薩。」

「你們可以從聖柱上獲取第一界的最後一層力量，然後升至第二界！」

傳送開始，武小德身形一閃，回到了青銅聖柱前。

他哼著歌將手按在青銅柱上，開始接受聖柱為自己灌注第一界最後一個層次的力量。

「邪魔很多的，你為什麼一點也不著急？」天使問。

武小德開口道：「經過這段時間的接觸，我突然意識到一件事。整個邪魔群體是無解的存在。就算有顧青山和柳平，殺到最後也殺不完，它們會持續誕生，不是嗎？」

天使嘆口氣，點了點頭。

武小德扭頭望向虛空，惡靈之書打開，一行行青銅小字隨之顯現：【你的實力提升了一個層級。】

【這一層級的聖界力量與邪性術法全部灌注入你的技能並融合，並未達到進化的程。請繼續汲取更多力量以實現技能進化。】

小字一閃而逝，武小德看完，繼續說道：「既然它們無解，那我也得想一些無解的辦法去對付它們。」

「正好，我的技能融合方向，都聽從我內心的願望。」

「那就讓我們試試吧，看看到底誰更BUG。」

話音剛落，天空中突然出現了一道黑色身影，是U級邪魔㦬！

「你……封印了我？」它難以置信地問。

「沒錯啊，不過你現在又自由了，決鬥還打不打？」武小德問。他忽然咧嘴笑道：「或者你想找個幫手？」

天空中，一道接一道身影浮現——皆是邪魔。

所有邪魔俯瞰著武小德，審視著他的實力。

「不過是剛進入第二界的實力水準。」

「對，如果我們全部出手，他立刻就死了。」

「這件事很簡單，但如果我們全部出手的話……傳出去好像我們怕了他一樣。」

「其實㦬就可以直接殺掉他。」

「看㦬怎麼說了。」

邪魔們飛快交流道。

㦬沉默了數息，忽然爆發出一陣尖笑：「你以為我會跟你再次決鬥，然後讓你把我封印起來，你好躲避其他邪魔的攻擊？」

「做夢！大家全部出手吧，一舉殺了他！」

武小德神情平靜，朝後退了一步，靠在青銅柱上，開口道：「封印——我這個分身。」

話音剛落，一股巨大的拉扯力從青銅柱裡傳來，他的身體直接穿過了青銅柱，化為屍體被封印在了柱子裡。

邪魔們齊齊怔住，它們歷經了無數戰鬥，擁有詭異強大的邪性之術，無懼一切敵人。

可是……現在敵人自己把自己幹掉，還封印起來了，這還怎麼打？

……不，這完全不必再打了。

但是他為什麼要這樣做？害怕了？

好一會，U級邪魔慨終於開口道：「走，我們全部下去，看看能不能奪取這一段青銅柱。」

邪魔們紛紛落下去，圍繞青銅柱而立。

天使早就逃走了。

邪魔們本可以殺了他，但目前最重要的是汙染這一段青銅柱，以及面對這場詭異的局面，一個小小的天使反倒根本不重要了。

「要讓邪性的力量浸透這段隱藏聖柱，需要花費很大的工夫，起碼要完成十三輪的血祭儀式。」一頭邪魔開口道。

「可惜，原本只要殺了那個少年，或是逼迫他親口說出契約作廢的話，這段隱藏聖柱就會進入『無主』狀態。」

「這麼簡單的事，他卻搶先死了。」

「是啊，沒辦法對他出手了。」

一名邪魔念動咒語，伸手朝青銅柱一指，青銅柱頓時變得透明起來，邪魔們看見了那個被封印在其中的人類少年。

他睜著眼，彷彿還活著，嘴角微翹，流露出幾縷譏諷之意——但是他真的死了。

他都死了，誰還能殺他？

他又被封印著，完全無法將他從青銅柱裡剝離出來。

所以到最後還是必須辛苦一場，舉行盛大的血祭儀式！

U級邪魔道：「那就趕緊開始儀式吧，不要管這個膽小的蠢貨，先獲取這段聖柱再說其他。」

眾邪魔紛紛點頭，開始念誦詭異的咒語。

……

另一邊，尚在原初世界的武小德本體露出笑容，抬起了手，他的手上纏繞著一根黑繩，攥緊成拳。

「比打架沒意思，我們來比ＢＵＧ吧。」

一拳擊出，霎時間，戰鬥提示文字立即浮現在虛空中：【你發動了『黑拳』。該拳法將跨越世界攻擊你的目標！】

「黑拳」跨世界打人；「白給」視野內無限制抓取敵人。

這便是再次吸收夢境劫魔，以及融合聖柱力量和邪性術法之後，武小德獲得的兩招。

現在青銅柱中，他的分身已經被封印，透過半透明的柱體可以看到他在封印中僵立不動。

他睜著眼，嘴角露出譏諷之色，保持著豎中指的動作，彷彿在挑釁外面的邪魔們。

然後，還在原初世界的武小德本體就出手了。

「啊啊啊啊啊！」武小德憤怒的擊出一拳，打在虛空裡。

戰場圍繞在青銅柱前的邪魔們之中，那位站在中央位置，負責主祭司工作的邪魔頓時被打飛出去。

武小德伸手一拽——「白給」發動！

被打飛出去的邪魔又被拖回來，直接撞在青銅柱上，發出「噹」的巨響。

拳，再出。

武小德直接開啟「化魔」狀態，讓自己的攻擊力再次提升，密不透風的拳頭擊打在虛空中。

然而隔著一個世界，那頭被按在青銅柱上的邪魔渾身不斷抖動，逸散出絲絲縷縷的邪氣，直到它渾身邪氣被打散了！

武小德睜大眼睛，拳頭捏得更緊，「轟」一道沉悶的響聲，邪魔整個身軀碎裂在青銅柱上，澆灌出模糊的血肉和深灰色液體混合在一起，順著柱壁緩緩流下。

它被武小德的本體隔著一個世界打死了！

邪魔皆退，儀式直接中斷。

「這不可能。」U級邪魔懨厲聲道：「他明明被封印在青銅柱中，為什麼可以擊中我們！」

它仰起頭，怒吼道：「天國的上帝，你身為裁判，卻無視這種明顯作弊的行為，我要申請仲裁。」

天空中響起一道恢弘的聲音：「你可以提交仲裁，但是本次戰鬥沒有任何問題。」

U級邪魔懨還要再說，卻被另一頭邪魔攔住。

「上帝說沒有問題，那就是沒有問題，這小子一定有什麼祕密，是我們不知道的。」

「可是他明明被封印在裡面啊。」懨不甘心的說。

那邪魔哼了一聲，低喝道：「沒事，我有一招追蹤類的術，可以直接追蹤到殺死我們同族者的存在。我現在就施展！」

它雙手捏訣開始施展術法。

……

原初世界。

武小德嘴角微翹。

身為「躺平高手」的術主，他本來就能看見自己分身那邊的情況！

這個序列之術在剛誕生之際，還是初級的時候，他甚至要用手把來操縱各種分身之軀。

武小德擺出跟分身一模一樣的姿勢，豎著中指，開口道：「以我之名，命令『即死封印之柱』封印我的本體。」

話音未落，他整個人已經消失不見，取而代之的是他的分身悄然出現在這個世界之中。

——封印更換了！

……

戰場，聖柱之中。

武小德的本體被封印著，一動不動。

聖柱外，那邪魔施展了追蹤術，手上頓時爆發出一團光芒，直接打在青銅柱的表面。

「動手擊殺的那個人就在青銅柱中。」邪魔驚疑不定地說。

其他邪魔面面相覷，一時全部抬頭望向天空。

「好假。他肯定作弊了，從來沒聽說被『死亡』和『封印』困住的人還能動手殺人。」U級邪魔慊道。

「投訴，去找仲裁團！這件事絕對有問題。」

「沒錯的，就算是我，也不能在聖柱的封印中擊殺其他人。」

「走！」

「上帝一定急了，他偏袒了這個傢伙。」

邪魔們全部衝上雲霄，迅速消失不見。

第七章

預言與反預言

它們走後，原初世界之中。

武小德分身感覺沒什麼問題了，這才開口道：「封印我，換本體出來。」

再次交換，武小德本體回歸原初世界，忍不住笑起來。

是的，邪魔是厲害。

可是自己現在轉換了思維，開始卡ＢＵＧ了，有種再來啊！

「做的不錯。」一道男聲響起。

武小德吃了一驚，立刻做出防禦姿態。

虛空打開，一名相貌英武的中年男子走出來，是時間之神！

「你恢復了？還不知如何稱呼？」武小德戒心稍去，問道。

「算是恢復了些，趁現在邪魔在找仲裁團詢問事情，我有話跟你說。」男子道。

「請講。」武小德道。

「你可以叫我『顧星海』，這是我給自己取的名字，應該比顧青山更好聽。」中年男子道。

「這個好像並不重要。」武小德聳肩道。

「他是我兒子。」

「……也罷，但你跟自己兒子比名字好聽是什麼鬼，我們能不能說正事。」

武小德道。

他忽然覺得時間有些不可靠，目前的情況可不容許出任何亂子，這傢伙到底行不行啊。

「說正事吧。」顧星海道：「在一切開始之際，我誕生為時間，立刻知悉了所有時刻中發生的一切。」

「我察覺到了邪魔對聖柱的侵蝕，以及它們的實力究竟有多麼恐怖，它們必將汙染聖柱。」

「甚至它們絕不會放過我，因為掌控了我，就等於掌控了一切歷史和未來，可以隨意去更改事件。」

「為了避免被它們抓住，又或是被它們邪化，我只好先死了。」

武小德點點頭，陷入思索。

其實正是因為時間死掉了，誰也找不到他，所以自己才有機會穿梭時空，做了那麼多事，建立這根「即死封印之柱」其實也借鑑了時間之死的靈感，可是……

「你之所以死掉，是為了隱瞞什麼？」武小德問。

「我知道『朝聖之旅』的所有祕密，絕對不能透露給邪魔，必須將之留給眾生。」顧星海道。

武小德一怔，心頭忽然就興奮起來。

難怪時間立即就死了，直到此刻才復活！

「朝聖之旅」的祕密如果被邪魔知曉，它們豈不是早就登上聖界，開始在諸天萬界散播邪性，讓一切紀元更替為它們的時代？

「能……跟我說嗎？」武小德小心翼翼地問。

「當然，不過我不會直接告訴你。」顧星海說著，目光一閃，望向了漂浮在半空的惡靈之書。

惡靈之書頓時翻開，在書頁上浮現提示文字：【本書已與時間之主『顧星海』接駁；開始接受其釋放的訊息；當前訊息具備強烈的針對性，必定會破壞敵人的計畫，因此已自動生成惡靈任務如下：啟用的『朝聖之旅』。】

【唯一任務。】

【描述：趕往第一個世界，在集市中找到那名石像少女，將其放置在沙漠的乾涸枯井之中，然後見機行事。】

【成功則獎勵五份惡靈之力。】

武小德呆呆的看著那個任務名。

等等……啟用的「朝聖之旅」？

這個任務的名字，難道是在告訴自己，其實朝聖之旅一直都沒有真正啟用？

那麼，那些穿過聖柱，抵達聖界的存在——武小德望向顧星海。

顧星海解釋道：「沒辦法，這是唯一能騙過邪魔的機會，所以無數人通過了聖柱的力量灌溉，直接去了聖界，並沒有真正完成『朝聖之旅』。」

「他們去了聖界……卻沒有完成『朝聖之旅』，這會發生什麼事？」武小德問。

「其實也沒幾個人，他們在聖界會什麼都沒有，一切都是空白，只能等待朝聖之旅真正開啟。」顧星海道。

武小德一陣沉默。

這麼說，薩琳娜的感覺還是很準的，她似乎也並不想去聖界，但是為了維護青銅聖柱的正常運行，她必須繼承柳平的意志，前往聖界！

「快去吧，這件事必須現在做，絕不可在過去的任何時間完成，否則邪魔就有可乘之機了。」顧星海道。

武小德抖擻精神，低喝道：「好，這似乎是真正重要的祕密……我這就去！」

他身形一閃，立刻從原初世界消失，只剩顧星海一個人還站在原地。

虛空中，一道恢弘的聲音忽然響起：「他有希望嗎？」

「其他時刻的一切挑戰者都失敗了，只有他活到了這一刻，我們只能期望他能做到。」顧星海道。

「如果他做不到呢？」

「我會徹底消失，讓我的兒子來毀滅一切。無論是你我，眾生，永恆，還是邪魔。」

「那麼，一切就都不存在了，連你的兒子也同樣會毀滅。」

顧星海最後說道：「但總比邪魔贏得最後的勝利強那麼一點點。」

……

集市，要趕到第一個世界的集市中去！

趁著邪魔們前往仲裁團，質疑剛才戰鬥情形的空檔，武小德奮力飛奔，徑直抵達了集市。

之前和U級邪魔戰鬥的時候，集市上的人全部散開了。

然而短短一會的工夫，當武小德再次抵達集市之際，卻發現這裡又恢復了熱鬧。

他突然停住腳步，不對，那樣一場戰鬥才過去沒一會，為什麼這麼快就可以恢復如初？

他詫異的觀察了一圈，卻發現這裡絕大部分人都是新加入戰場的存在。

也就是說，新人源源不斷產生，抵達此處，並不會被之前的事影響，所以無論之前發生了多麼恐怖的事，這裡依然繁華。

畢竟在第一個世界，只有這裡才可以獲得戰場上的裝備和補給！

一雙拳套飛來，武小德回過神，順手接住，扭頭望去。

一名攤販正露出微笑：「之前的決鬥，那名U級邪魔認輸了。雖然它只是為了擺脫『決鬥』這個狀態，畢竟還是輸了。」

武小德看看拳套，又看看攤販，這才明白過來。

之前自己藉著購買拳套的由頭跟U級邪魔慪戰鬥，現在決鬥結束，自己贏了——可自己哪裡有心情購買拳套！

武小德大步走過去，將拳套放在攤子上，苦笑道：「你還是收著吧，我買不起。」

「閣下，我從來沒見過有人能這樣跟U級的邪魔打，」攤販露出欽佩之色：「這拳套我只收你一個金幣，又或者等價的物品。你買下它吧，它是很少出現的寶物。」

很少出現的寶物……武小德看了對方一眼。

等等，既然新人不計其數的湧現在戰場上，那麼這些攤販又是什麼來歷？

上帝在主持朝聖之旅的裁判工作，這些攤販難道是……上帝的人手？

「那就多謝了。」武小德道。

他一抹聖藏之戒，隨意取出一點骨龍的收藏，跟攤販兌換了拳套。

這時拳套旁的虛空中浮現出一行行裝備提示文字，全是亂碼，完全看不清這件東西的訊息，看來它真的是特殊的。

武小德不露聲色，先把拳套放進戒指裡，目光掃過攤子上的各類物品，但沒有石像製品！

「你在找什麼？」南麗的聲音從背後響起。

武小德回頭看她一眼。

「我沒想到你能活下來，太好了，你想找什麼就問我吧。」南麗雙眸散發出喜悅的光芒。

雖然她說是承了薩琳娜的情，前來做自己的引導者，可自己無法完全相信她。

一念及此，武小德問道：「集市上有沒有什麼售賣情報的地方？」

「神聖教會的攤販上，有時候會出售消息。」南麗指著一個方向道。

「多謝。」武小德道。

他大步走過去，來到神聖教會的攤子上，只見守攤的是兩名沒穿上衣的小天使。

「啊，是一位著名的客戶，你想買點什麼？」小天使打量著他道。

「我聽說你們在販賣消息。」武小德道。

「你是我們的戰略合作伙伴，嗯……讓我看看……」

小天使開始低頭翻看冊子。

同一時刻，武小德眼前浮現出虛幻的對話框，上面寫著幾行小字：【你滿足了以下條件：神聖側陣營認可；集市攤販的崇拜；引導者的驚嘆；當前你即將支付對應的專屬物品，方可獲得你想要的情報。】

提示文字顯示完畢，小天使抬頭道：「你需要弄到一張極其稀有的『一折券』，然後從集市上獲得某種無法辨認的寶物，然後把它們給我。」

「然後就可以交換情報了？」武小德問。

小天使道：「不，你還需要你身邊這位引導者的認可，我們才可以給你情報。」

「我認可他。」南麗痛快地說。

「如此簡單就認可了他？這不行，妳要負起責任啊，南麗。」小天使嚴肅地說。

「他是薩琳娜的傳人，剛才的接觸中我也覺得他一定可以帶來希望，這絕不是隨意的認可。」南麗認真地說。

她傳音道：「快，拿出那兩件物品交換情報，不要等到事情生變。」

前。

武小德自然有眼色，立刻就把拳套和一張一折券拿出來，放在小天使的面前。

「好吧，你竟然滿足了所有前置條件，你想知道什麼？」小天使問。

武小德傳音道：「有一名石像少女，可以在沙漠的乾涸之井裡發揮作用，我需要找到她。」

「用你自己的能力查看吧。」小天使揮手放出一道金芒，沒入武小德身軀。

下一瞬，兩名小天使連同他們的攤位直接消失不見，然而四周的人彷彿一無所覺，整個集市依然正常的運轉著，來來往往的新人們看都不朝武小德看一眼。

惡靈之書上終於顯現出幾行提示文字：【當前處於（賢者）特殊狀態中。以上帝全知全能之力，令眾生無法知曉你此刻經歷的事。】

【你的引導者知道方位，跟從她的指引，去找到那座沙漠中的乾涸之井吧，石像少女就在那裡。】

所有小字消失，武小德一陣無語。

翻來覆去搞這麼一場，結果關鍵物品就在任務所在地？誰設計的？真腦殘！

「南麗小姐，看來還要麻煩您指路。」武小德道。

南麗滿不在意的擺擺手道：「沒關係，我說過要幫上你的忙。跟我來！」

她率先朝著一個方向飛掠而去，武小德緊緊跟上。

……

數十分鐘後，沙漠，南麗和武小德站在一塊路牌前。

路牌上寫著一行大字：「越過此路牌線，進入『乾涸之井』。」

武小德順著路牌朝前望去，前方是一望無際的泥土和沙礫。

一條淡淡的線條從路牌延伸出去，化作一個箭頭，指向那些泥土。

「沒看到什麼井啊。」武小德道。

南麗解釋道：「這一塊地區就叫做『乾涸之井』，如果你想找到那個井，我們還需要抵達地區的中央位置。」

「那走吧。」武小德道。

南麗忽然拉住了他，令武小德一臉茫然。

「曾經有一個預言，它出現在乾涸之井地區的神廟的裡面，以羊皮紙記錄著一段訊息。」南麗一字一句道：「在未來的某一天，如果真的有人開始尋找『乾涸之井』，並且踏上該地區的土地，那麼『井』和『神廟』都將被毀滅，一切都沒有希望。」

南麗閉上眼睛，深深吸了口氣，努力讓自己平靜下來。

「再朝前走一步，跟『乾涸之井』有關的一切都將毀滅殆盡，你和我也是如此。」

「從無例外嗎？」武小德問。
「這件事沒發生過，但億萬次的推演都沒有錯過。」南麗道。
「誰推演的？」
「慈父。」
慈父即是上帝，上帝全知全能，不會有錯。
武小德看著對方臉上那複雜而又絕望的神情，腦子裡忽然閃過一道靈光。
「是不是上帝預見過，一旦觸發了『乾涸之井』的相關祕密，就會有邪魔前來毀滅這些祕密？」他問道。
「是的。歷經了無數次的模擬，每一次都會被毀滅，絕無例外。」南麗道。
「所以這件事根本無法開始？」武小德又問。
「對，這次還是因為你做過許多連邪魔都想像不到的事，所以我們才決定賭一把。」南麗道。
武小德又看了一眼自己的惡靈任務。
【啟用的『朝聖之旅』。唯一任務。】
【描述：趕往第一個世界，在集市中找到那名石像少女，將其放置在沙漠的乾涸枯井之中，然後見機行事。】
乾涸之井……他的目光再次移動到那塊路牌上，然後望向路牌線。

「也就是說，只要越過路牌線，就是『乾涸之井』的範圍，然後我們走進這個範圍就會死，『乾涸之井』的一切也會毀滅。」

「是的。」南麗承認道。

武小德一步一步朝前走去，直到南麗的心提到喉嚨口，臉色發白，渾身發抖之際，他才停住。

他停在路牌線的箭頭上，再朝前一步就進入了「乾涸之井」，一切即將發生。

武小德沉吟數息，忽然朝南麗招招手。

「怎麼了？」

「妳來一下。」

「好。」

南麗小心翼翼的挪動到武小德身邊，悄聲道：「邪魔們做出了對應的反向預言術，一旦有人進入『乾涸之井』，它們立即會感應到一切走向不可預料的方向。」

「它們會立刻毀滅這裡的一切，以防有什麼事發生，威脅到它們的計畫。」

「它們做得到？」武小德問。

「U級邪魔就可以毀滅無數紀元，更何況預言一旦被啟用，所有邪魔都會全力出手，毀掉『乾涸之井』的一切。」南麗道。

武小德想了數息，忽然彎下腰去，蹲在那個箭頭線上，以手指貼合在箭頭的頂端。

可笑，邪魔的預言才是第一個預言吧。

上帝做出了針對性的預言，其實說的是同一件事，那就只有——

南麗看著武小德的動作，不由自主地攥緊了手，只差一點點，自己和小武就算得上進入乾涸之井了。

「喂，手指伸進去也一樣會觸發預言啊，你到底要幹什麼？」南麗戰戰兢兢地問。

「放心，我絕對不進去，只在外面蹭蹭。」武小德道。

饒是如此關鍵的時刻，南麗依然忍不住翻了個白眼。

你這滑頭小子，到底知不知道現在是什麼情況？你在說什麼？

卻見武小德伸手一招。

「收。」

「轟隆隆！」

大地散發出震耳欲聾的聲響，一座巨大的深坑出現在路牌線之外，乾涸之井所屬的地界裡。

數不清的泥土飛起來，越過地界，飛落在武小德的指尖，全部沒入他的指環之中。

南麗呆住。

武小德已經開口道：「既然不能『踏上該地區的土地』，那就把『乾涸之井』的泥土收集起來。」

「我們擁有了『乾涸之井』的泥土，只要用這些泥土蓋一座井，豈不就是乾涸之井？」

「接下來只要找到石像少女就可以了。」

武小德大概計算了一下，收入指環的泥土已經綽綽有餘，目前還剩一件事，那就是找到石像少女。

不過這個物品的情報卻有自相矛盾的地方。

顧星海讓自己在集市裡找「石像少女」，集市的小天使卻說「石像少女」就在乾涸之井裡，現在到底該怎麼辦？

「走吧，南麗。」武小德開口道。

「去哪裡？」南麗問。

「我們要回到集市上確認石像少女的的位置，看看能不能用魚竿什麼的東西，將它從乾涸之井裡釣出來。」武小德道。

話音未落，天空中忽然出現了一道黑色身影，是U級邪魔懨追來了！

南麗緊張的退了一步，藏在武小德身後。

武小德驚訝地抬頭望去，開口道：「你又不跟我決鬥，怎麼又來了？」

懨俯瞰著他，以複雜的語氣道：「你將那一段青銅聖柱用到了極致，以至於我們無法殺死你。」

「找到原因了嗎？」武小德問。

「仲裁團說沒問題，但就是不肯告訴我們你是如何做到的。」懨坦誠地說。

「廢話，這是我的戰鬥策略，中立的裁判團體怎麼可能告訴你們？」武小德笑道。

懨隨意抬起手，一顆散發著無盡邪氣的黑色光球出現在它手中。

「這裡是『乾涸之井』，有一個關於它的預言能影響到整個戰場，對我們邪魔也會產生影響。」

「是嗎？我怎麼不知道。」武小德笑道。

懨的手高高舉起，那顆黑色光球爆發出更加恐怖而凶厲的力量波動。

「不管你想做什麼，武小德。」懨的語氣中多了一縷難得的快意：「雖然你的想法很難猜，但是只要我做一件事，就可以毀滅你的任何打算。」

他將黑暗光球拋出去，武小德眼角一跳，伸手抓住南麗，低喝道：「走！」

腰間的永恆守護之繩一動，兩人頓時穿越漫長的距離，一瞬間就回到了集市中。

他們回頭望去，沙漠方向有黑光衝天而起，整座集市在一瞬間張開了防護罩。

鋪天蓋地的風沙瞬間襲來，密集地打在防護罩上，發出讓人無法忍受的噪音。

守衛高聲喊道：「一頭U級邪魔釋放了全力一擊！乾涸之井地區徹底被它毀滅了！」

話音未落，更加狂暴的力量波動襲來，無盡的風沙覆蓋了整座集市將其掩埋，使集市內部一片黑暗。

武小德定了定神，腦子飛快轉動，悄聲問道：「有什麼地方是安全的嗎？」

「看見那座由金甲騎士守護的帳篷了嗎？」南麗道。

武小德視線一轉，果然看到集市的中央有著一頂大大的帳篷，四周有穿著金甲、手持巨劍的騎士隊守護著。

南麗道：「那是神聖護衛所，整個集市裡保護力量最強的地方，花費一定的財富可以在裡面待一段時間。」

武小德點點頭，拉著她就朝護衛所走去。

一道黑色身影忽然出現在他面前，擋住了路，是懨！

它打出毀滅乾涸之井的那一擊後，立刻就跟著武小德來到了集市。

「把那段青銅聖柱交出來吧，武小德。」懨說道。

「明明是你們拿我沒有辦法，我為什麼要交出聖柱？」武小德冷笑道。

「這只是你的錯覺。在歷史上，我們對付過無數你這樣的人物。」懨慢慢地說道：「接下來我會一直跟著你，你想做的任何事都會被我摧毀，你會被我們不斷追殺，你的同伴都會一個接一個邪化。」

「就像乾涸之井，你連進去的機會都沒有，它就被我毀滅了。」

懨的目光掠過武小德，落在南麗身上。

「女人……如果你不答應我的要求，她就活不了啦，武小德。」

武小德神情微凝，開口道：「我需要一點時間考慮。」

懨突然大笑起來：「你們人類總是瞻前顧後，猶豫不決，看不清自己注定的命運。我不會給你任何時間！」

「如果你現在不答應，我保證你未來的人生中只有無盡的孤獨。畢竟我會殺光你的同伴！」

武小德皺起眉頭，滿臉殺意的「嘖」了一聲。

下一秒，他突然朝著虛空打出一拳。

——分界術！

世界從他眼前裂成兩個相同的鏡像。

當這兩個鏡像開始獨立、彼此遠離之際，武小德拉著南麗直接跳回了主世界，懨身形一動就要衝過去。

誰知武小德站在主世界之中，回頭就是一拳——黑拳！

一道沉悶至極的擊打聲響起，懨如殘影般被打回平行世界，身形撞破防護罩，朝天空深處衝去。

趁這時，平行世界已經離開了主世界，消失在無盡的虛空之中。

「擋路的人不見了，但我們也沒有什麼必要進入那座帳篷。」武小德嘆口氣道。

懨能毀滅整座集市，躲帳篷也沒用。

南麗道：「你本來打算做什麼？休息？還是弄一口井出來？」

她的話剛說到一半，武小德已經一拳打在地上，地面裂開十幾公尺的裂縫。

武小打開指環，取出了那些來自乾涸之井的泥土，開始隨手釋放術法，製造一口井。

這些基本的塑形類術法，哪怕是當年人皇的傳承中都有不少。

很快，一口井建造完成，現在還剩下「石像少女」這個關鍵要素了！

武小德從泥土中選了一些石塊，以術法捏合在一起，開始勾勒一座少女的形象。

「我也不知道有沒有用，反正已經到了這一步，死馬當作活馬醫。」武小德隨口說道。

南麗看著那口井，又望向虛空。

懨隨時可能出現，但是至少，這一刻，武小德弄出了乾涸之井，懨的身影還未出現，難道真的有希望？

南麗咬了咬嘴唇，傳音道：「現在我可以告訴你，如果你在乾涸之井見到了石像少女，她會問你一句話。」

「什麼？」武小德傳音道。

「她將詢問你：『朝聖之旅開始後，總會有一些需要補充的規則，如果你有那種至高無上的權柄，你想為朝聖之旅補充一條什麼樣的規則？』。」南麗道。

「規則……」武小德吃驚道。

「對，你只能補充一條規則，而且必須是合理的、符合實際的、對當前局面有益的。不然你的補充將被否決，也就徹底失去了這一次寶貴的機會。」南麗道。

武小德一邊思索，一邊加快了手上的動作，少女像已經有了雛形。

自己必須加快速度，趕緊想出一條規則！

否則一旦懨趕過來，自己又沒想出真正有用的規則，那這一切努力就白費了！

這次失敗之後，懨將一直跟著自己，以後做什麼都麻煩！

規則——到底補充一條什麼樣的規則可以改變局面？哪裡有這麼簡單的事。

但是話說回來，僅憑一條規則就可以改變局面，正因為如此，上帝和邪魔才會做出預言。

時間才會為了保守這個祕密而死，究竟要想一條什麼樣的規則！

武小德腦海閃過無數想法，不斷地否決一個個想法。

他的手忽然停了，石像少女勾勒完成！

虛空一動，懨突然破開虛空落在兩人面前，它一眼就看到了地上的井和石像少女。

「完了，來不及了。」南麗嘆口氣道。

同一瞬間，武小德開口說道：「邪魔的力量超越了絕大部分參戰者，而且將朝著聖界滲透，這極大的影響了朝聖之旅，所以規則就是——殺死各種等級的邪物，一定會爆出與邪物等級匹配的寶物。」

他的聲音遠遠傳遞出去，消弭在虛空之中，整個世界陷入寂靜。

武小德等了數息，那座乾涸之井裡發出了微微的震鳴聲，有一道光冒出來，淡淡的散開，然而石像少女沒有任何反應。

所以失敗了？

武小德心頭正犯嘀咕，懨仰頭大笑道：「原來如此，這個預言對應的是朝聖之旅的規則。」

「幸虧我見機行事，知道你會偷偷摸摸做一些壞事，一發現你，就直接毀滅了乾涸之地。你沒有任何機會了！」

武小德心頭一陣嘀咕，自言自語道：「不對啊，這些泥沙都是乾涸之地的東西，乾涸之井也出現了異象，按說應該是成功了。」

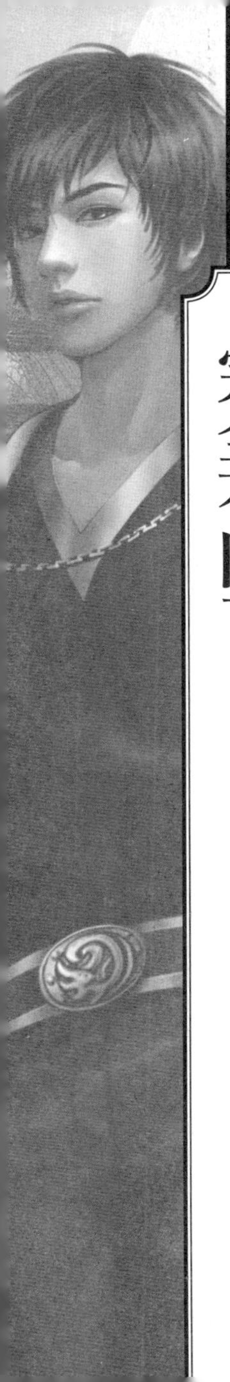

第八章

完全不同了

武小德望向石像少女，既然乾涸之井被自己成功的建造了出來，那麼證明這條路可行。

石像少女紋絲不動，則說明用乾涸之井的沙石泥土塑造石像也沒有用。

石像或許是唯一的，又或許有著獨特的身分。然而那個地區已經徹底毀滅，就算有石像也被毀滅了，看來這次真的被憮破壞了一切。

武小德忍不住也嘆了口氣。

太難了，自己明明已經全力以赴，如果那個規則生效，一切參戰者心頭的欲望都將被啟用。

邪魔再怎麼無解，自己卻有著不同的看法，它們對於眾生的惡意有些束手無策，一旦參戰者們都敢於從邪魔身上尋找一些對應等級的寶物，這種熾烈的貪欲與惡念，興許真的能為朝聖之旅帶來變化。

沒錯，自己打算以眾生的惡念對抗邪魔！

可惜，無論是顧星海還是小天使，都沒有明確說出石像少女的準確情報，所以最終還是失敗了。

武小德搖搖頭，正準備跟憮打一場，忽而聽見身後響起一道女聲：「同意。」

……同意？

他慢慢轉頭望去，只見南麗渾身散發出柔和的微光，與乾涸之井的光芒融成一片。

南麗迎著他的目光微微點頭，惡靈之書上也浮現出一行行青銅小字：【恭喜，你完成了惡靈任務。你提議的規則即將在朝聖之旅中生效。你獲得了五份惡靈之力。】

原來如此！武小德如醍醐灌頂一般，渾身一個激靈，頓時明白過來。

難怪顧星海說要去集市找石像少女；難怪小天使說到了乾涸之井，石像少女就在那裡。

——因為南麗就在集市中，她跟在自己身邊，她才是真正的石像少女！

……

血海小舟上有客人，桌子上擺著三五小菜。

「情況如何？」劍修顧青山問。

坐在他對面的是一名看起來普普通通的中年大叔。

他閉著眼睛，感受著徐徐海風帶來的愜意，隨口說道：「我現在活了過來，也是為了賭上一把。」

「你做了什麼？」顧青山好笑地問：「好像你只是隨口說了幾句話而已。」

中年大叔道：「別小看那幾句話，與它們相關的祕密都藏在特殊的時刻中，只有我活過來，並且主動說出祕密，那些時刻才會回歸正常的歷史中。」

顧青山收了臉上笑容，沉思道：「所以……上帝和邪魔的預言，是在你說出祕密之後，才回歸到主時空中的？」

「沒錯。」中年男子道。

「邪魔遲早會察覺這件事。」顧青山有些憂慮地說。

「那當然啦，不過我早就做好了萬全準備，一說出那個祕密，立刻就到你這裡來避難了。」中年男子傲然道。

顧青山一陣無語。你避難就避難，一副驕傲模樣又是怎麼回事。

顧青山隨手摸出兩瓶酒打開給對面的中年男子斟滿。

中年男子聞到酒香，頓時睜開了眼睛。

他這一睜眼，渾身氣勢立刻不同了，彷彿多了些說不出的力量繚繞在虛空之中。

兩人端起酒杯碰了碰。

「小武能辦成那件事嗎？」顧青山問。

「反正從來都沒有什麼希望，我將那個祕密扔給他，就讓他死馬當作活馬醫吧。」

中年男子一仰脖子，把酒喝乾，齜牙咧嘴地道：「我想了很久，都不知道添加什麼規則，才可以抑制邪魔的攻勢。」

「你就是個甩手掌櫃。」顧青山評價道。

他端起酒杯正要喝，忽然頓住。不知感應到了什麼，他露出若有所思之色，慢慢把杯子放回桌面上。

在他對面，中年男子，或者說時間之主顧星海也感應到了一些事情，吃驚地朝虛空望去。

「這個規則……是利用眾生的貪欲和惡念……不知道會不會奏效，不過，他應該馬上就會陷入邪魔們的圍攻。」

「但是他有柱子。」顧青山道。

「性命可以保全……我猜他可能會藏身青銅柱中觀察一段時間，看事態的發展。」顧星海感興趣地說。

「不。」顧青山露出笑容：「你可不要小看他，他打架不會輕易退縮的。」

「是嗎？哈哈，可我真的不知道他要如何跟那些邪魔打，畢竟實力還差的有點遠。」

「他在戰鬥上很有辦法……我非常想看看他的應對方式。」

……

集市，無形的波動從南麗身上散發出去，朝著無邊無際的虛空蔓延。

十方世界皆聽聞，規則即將生效！

武小德說出規則的時候，U級邪魔幰已經出手。

然而武小德沒有做出任何防備，只是飛快的轉頭朝南麗腰間拍了一下。

下一瞬，凶厲黑芒從幰的手上釋放出去，將沿途一切毀滅殆盡，直撲石像少女南麗。

是的，殺武小德沒有任何意義，而且他有各種花招，說不定就能接下來，他隨時可以回到青銅柱裡！

當下的局面之中，只有試著徹底毀滅石像少女，看看能不能讓規則中止！

「唰！」

南麗腰間騰起一根金色繩索，拉著她，化作一道閃爍的長線，穿過虛空，不知去向。

「又是這一招……你將她送到什麼地方去了？」幰盯著武小德道。

「封印U級邪魔幰。」武小德沒有回答它的問題，只是冷冷地說出這句話，立刻朝虛空望去。

惡靈之書上浮現出一行行青銅小字：【你完成了惡靈任務：啟用的『朝聖之旅』。當前獲得五份惡靈之力。】

【請選擇使用方式：一、融入『化魔』狀態。】

【二、提升『惡法災天．三神器』，又或在此技能基礎上進化為新的惡靈技。】

【三、提升你的搏殺法，令『黑拳』和『白給』獲得提升。】

武小德毫不猶豫在心頭默念：「提升『惡法災天．三神器』。」

一行青銅小字頓時浮現：【五份惡靈之力全部灌注至技能『惡法災天．三神器』，令其產生進化。倒數十秒後，技能進化完成。】

十秒！武小德站在原地靜靜等待。

剛才說出「封印」之際，㒭已經被封印在了青銅柱中，但是整個朝聖之旅的規則產生變動，這麼大的事，想必會驚動聖柱上十方世界的所有邪魔！

那些比㒭更強的邪魔就要來了。

天地震動，繁複而浩大的迴響從雲霄之上傳來，黑暗的影子密布天空深處，它們正在急速俯衝，朝著最低層的世界趕來！

該如何應對？

武小德大步走到乾涸之井旁，卻見南麗悄然出現在了井底。

「妳怎麼回來了！」武小德問。

南麗垂著頭，輕撫著乾涸的井壁，並未出聲。

這可不行！

武小德急忙喊道：「快逃，一會我都自身難保，妳別在這裡逗留！」

南麗這才仰起頭，以一種飽含著複雜意味的眼神看著他，輕聲道：「朝聖之旅由我開始，然而我卻畏懼邪魔，生怕被它們邪化，那樣一切都完了。」

「我在暗無天日的命運中躲藏了如此之久，直到今日，我依然不敢相信自己能活著完成使命。」

「感謝你，小武，薩琳娜的眼光真的沒有錯。」

「我決定將未來交給你，這是你自己贏得的饋贈。」

「砰」一聲輕響，整座乾涸之井連同南麗從武小德眼前消失，取而代之的是一張邊框由光芒構成的卡牌，輕輕落在武小德手中。

卡牌上，一名少女站在乾涸的井底，衝著武小德露出微笑，正是南麗。

一行行提示文字隨之出現：【恭喜。你獲得了『朝聖之旅』套牌之一：乾涸的聖井。】

【描述：當聖井之內再次充盈了源流之水，聖靈將為你開啟『朝聖之旅』的下一個階段。】

【——聖水之靈知曉許多事情，多詢問她。】

所有小字一閃而去，又一行提示文字悄然出現：【倒數十秒結束。你的惡靈技『惡法災天．三神器』完成了一次進化。】

【此技能的威力增加了數重，由此技能幻化具現的分身將具備本體的實力，至少一成。】

至少一成！行了！

武小德頓時振奮起來，那可是一成實力啊！

別人的一成力量也就無所謂了，甚至是U級邪魔懨的一成力量，也根本對整個局面無效。

目前的情形，如果自己不躲避在青銅柱中保命，那就只有一個辦法。

武小德雙手捏成詭異的術印，低喝道：「啟動。」

惡靈之力朝著術印中洶湧灌注，頓時啟用了那道特殊的惡靈之術——

——惡法災天．三神器！

他身側兩邊一陣血肉蠕動，迅速凝聚成人形，五官長出來，睜開雙目，形成三頭六臂！

一顆頭顱笑起來，細聲細氣道：「嘻，現在可以動用他的一成力量了。」

另一顆頭顱也道：「一具分身可以動用一成力量，現在我們可是兩具分身呢。」

它們一起望向武小德。

武小德卻朝著虛空招招手，開口道：「連慈父和邪魔都畏懼你的力量，不允許你抵達戰場。」

「所以，我要借用一下你的力量，先謝了，回頭請你吃飯。」

……

遙遠的多重宇宙之底，血海之中。

顧青山站在小舟上，看著眼前浮現的一行行螢火小字：【戰神序列再次啟用。當前有來自無盡幽冥的最終惡靈深淵產生了咒印，想要借用你的力量，是否允許？】

「借力打力？有趣。」顧青山笑道：「卻不知他要借用我的哪種力量。」

兩個螢火小字一跳，浮現在虛空中：【末日。】

「給他用。」顧青山淡淡地道。

「轟——」

無形的力量從血海中衝天而起，跨越無盡時空，徑直落在戰場之中，所有力量被武小德身體兩側的顧青山分身汲取。

兩具分身同時捏出手印，齊聲道：「降臨。」

天空深處一道閃電掠過，緊接著整座戰場開始下雨。

在這滂沱的雨水中，在那無盡邪魔即將抵達的時刻，虛空中忽然響起了一道讓人心生懼意的聲音。

「各位尊敬的朋友，歡迎登上苦海之中唯一的救渡之舟。」

這聲音不大不小，不遠也不近，帶著讓人敬畏而信服的多重回音，在戰場上每個人的心中響起。

雨越下越大，烏雲密布，洪水滔天，邪魔們一時彷徨不敢落下，武小德卻已飛上半空。

詭異的是，他身側的兩名顧青山分身輕輕一閃，飛到虛空中，融為一體，消失不見。

「轟隆隆——」

震耳欲聾的驚雷聲中，那道聲音越來越充滿力量：「參戰者們啊，你想改變自己的命運嗎？」

「在戰鬥中掙扎，在殺戮中前進，在朝聖的道路上，唯有強者才能活下來。」

「現在，除了投靠邪魔之外，我將為你們提供一條全新的道路。」

「成為永生冠軍，就可以免疫邪魔的邪性侵蝕！」

「想要獲得永恆的生命，成為永生不滅的存在，就前來參戰吧。」

「參戰或躲避，請選擇！」

說也奇怪，當那道聲音在所有存在的心頭響起，立刻便有相應的畫面浮現，是一座雄偉的競技場。

武小德站在空曠的場中央，開口道：「聖柱共十層世界。本場戰鬥只面向一、二兩層世界。」

「另外宣講一下當前朝聖之旅的新規則：殺死邪物將獲得同等級別的寶物！」

「現在，歡迎各位前來。」

他自己鼓了鼓掌，掌聲響起不一會，便有零零落落的參戰者出現。

第一、二層的參戰者實力並不怎麼強，留在這兩層的邪物也不多，大家都有些驚疑不定。

「難道是真的？」有人喃喃道。

「好像是，不然我們怎麼會被傳送到這裡。」另一人接話道。

武小德環顧四周，開口道：「最先報名的三十六位參戰者獲得了本場永生者戰鬥資格。所有戰鬥面向十方世界開放觀看！現在戰鬥開始！」

他朝後退去，下一秒，所有參戰者和邪物全部望向了他。

武小德瞬間明白過來，他笑了起來：「啊，似乎有些小小的意外狀況，我們現在正面向整個十方世界直播……不過沒事，讓我們看看具體究竟是什麼情況。」

三十六名參戰者將武小德圍在中間。

一名參戰者道：「我們是來殺你的，武小德。」

「其他人呢？」武小德看向所有人。

一頭邪物後退兩步，詭笑道：「你給自己造了這麼個封閉的世界，正好方便我們的僕從殺你。」

這些都是投靠了邪魔的參戰者，它們和一、二層世界的邪魔一起，搶著報名，只是為了幹掉武小德！

「跟我們的僕從戰鬥吧，如果你連他們都打不贏，根本沒有資格跟我交手。」邪物繼續朝後退去。

剩下五頭邪物一起朝它靠攏，一共六頭邪物，身軀逐漸融合在一起。

下一瞬，遠超一、二層參戰者的強大氣勢從它們身上散發出來。

「原來如此……」武小德沉吟道。

這幾個傢伙原本是一體的，現在自我封印，分成六個部分，這才獲得了進入「第一、二層世界的永生者遊戲」，它的實力絕不可小覷！

這時候，其他參戰者一擁而上，全部朝武小德攻去。

武小德站在原地不動，開口道：「這是一場永生的遊戲，具備極其嚴肅的規則屬性，一切違背它意志的做法，只會給自己招來災殃。」

「現在我對所有圍攻裁判的參戰者說——你們將被全體抹殺！」

話音未落，一連串尖銳短促的慘叫聲響起。

那些原本在奔跑的、吼叫的、施法的、抽兵器的參戰者們，全部倒在地上，氣息全無。

他們的屍體緩緩沉入擂臺裡，也不知是不是錯覺，觀戰者們都覺得擂臺似乎變得更明亮寬敞了。

武小德攤著雙手，朝十方世界的觀戰者解釋：「不尊重永生者遊戲的規則，就等於選擇了擁抱永滅，活該他們去死。」

「但這畢竟是第一場，我作為裁判，也有義務為大家展示遊戲內容。那麼……」

武小德望向不遠處的六頭邪魔。

只見它們已經構成了一個類似人類的存在，渾身滿是渾濁的流動之液。

它身上散發出來的力量波動……至少是超S級別。

武小德咧嘴一笑，開口道：「這場戰鬥算我一個。」

話音剛落，惡靈之書打開，浮現出一行行青銅小字：【你發動了獨屬於你的因果律之術：打不過就加入。】

【你在身兼裁判之職的同時，作為參戰者加入了當前的永生者遊戲。】

武小德活動著手腕，一步一步朝那邪物走去。他一邊走，一邊開口說道：

「還不知道你的名字。」

「你可以稱呼我為『崮』，不過你沒有什麼機會跟我說話，畢竟我馬上就會殺了你。」邪魔道。

武小德咧嘴笑笑。他得到了薩琳娜的全部傳授，又和自己的所有戰鬥技能融合，最終獲得了風格化的搏殺法，就連U級邪魔懾都不敢這樣說，你卻如此普通而自信？

「請不要猶豫，對我發起攻擊吧。」武小德道。

崮哼了一聲，伸手就要施展術法。

電光石火之間，它忽然覺得四周的一切都在旋轉，然後巨大的衝擊力迎面而來！

「咚」一聲巨響，武小德隔空一抓，直接發動抓取技「白給」，將它抓在手中，一拳打在臉上，直接把它打癱在地上。

「真可憐呢，你似乎不擅長近戰搏殺，這樣一來，你跟我戰鬥連一點希望都沒有。」

武小德舉起拳頭，無聲無息的擊出一拳。

這一拳貫穿了崮的身體，狠狠砸在地上，頓時轟碎了大地，蔓延的力量波動將整座競技場摧毀。

武小德將崮的身體拋起來，隔空連打數十拳，邪性全被打斷了！

最後一拳——觀戰者們只看到武小德揮出一拳，擊打在那邪魔身上。

邪魔瞬間解體，化作飛揚的灰黑血霧衝天而起，它被武小德活活打死了！

戰鬥是如此簡單直接，又是如此狂野暴虐，這便是近戰搏殺者的殺敵之法！

一個散發著七彩光芒的東西從血霧中掉落下來，滾落在武小德腳邊。

武小德將那東西撿起，卻是一根彩色的香蕉。

「各位。」武小德舉著彩色香蕉，開口道：「你們應該看見了，我殺了這頭邪魔，立刻就掉落了這樣的彩色香蕉。」

他把香蕉剝開，展示給所有人看。

「這是朝聖之旅新規則的產物，可能也是第一個被幹掉的邪魔，它所掉落的寶物。」

武小德看著香蕉，興致勃勃道：「那麼，試吃開始。」

他咬了一半，咀嚼幾下，朝虛空中並不存在的「鏡頭」道：「味道就是香蕉的味道，不過它特別大，吃起來有一種讓人快樂的感覺。入口即化。」

他把另一邊也吃掉，閉目數息，睜眼道：「原來如此，我掌握了一個被動技能，它的判定等級特別高，是湧現級別的因果律法。」

「我示範給大家看。」說完，武小德轉身朝遠處走去。

在他走過的路上，一塊又一塊香蕉皮隨之出現。

「任何追擊我的存在都將無可避免的踩上香蕉皮，滑倒在地。這是因果律類術法，不可避免。」

「全被動啟用，我作為戰鬥者根本不需要操心。怎麼樣，是不是很划算？」

武小德面對虛空，臉上露出喜悅的笑容：「朋友，你想獲得強大的寶物嗎？去殺邪魔吧。它們真的掉落很多好東西，好用到哭。」

「本人親自實測有效，大家衝啊！」

說完，武小德揮了揮手，突然從虛空中抓出一座獎盃。

「吶，這是永生者遊戲的獎盃，裡面藏著一顆永生丸。吃了永生丸，就是末日側的存在，不會被邪性汙染。」

他又把獎盃放回虛空。

「不過我是裁判，這獎勵我就不拿了，下面我立刻開始第二場，敢於報名永生者遊戲的伙伴們，來吧！」

「報名開始！」

「停！人數滿了，人數真的滿了。」

「趕不上的等下一場，我們先開這一場。」

武小德望向四周，他一拳打爆了競技場，但是此刻，完好無損的競技場再次出現，三十六名參賽者出現在場上。

共兩頭邪魔，三十四名參戰者。

武小德細細的看了一眼每個人的狀況，雖然大家都一副摩拳擦掌的緊張模樣，但是已經有七八名參戰者忍不住的拿眼睛去瞟那兩頭邪魔。

一名參戰者走到武小德面前，忍不住道：「裁判大人，剛才那個香蕉皮的技能真的有用嗎？」

這時比賽還沒開始，但是整個競技場的狀況卻依然浮現在十方世界的存在們腦海中。

武小德想了一下，開口道：「不如你來攻擊。放心，永生者遊戲還沒開始，你攻擊我不會被抹殺。」

「好。」參戰者朝武小德出手。

武小德立刻後退。

參戰者追上去，再次握拳，卻「噗通」一聲摔在地上，絆了個狗啃屎。

香蕉皮從他腳下飛起來，遠遠地落在臺下。

「親身體驗如何？」武小德走回來，蹲在他面前問道。

「好用！好用！完全沒躲開！」參戰者連連點頭。

武小德把他拉起來，拍拍他肩膀道：「到此為止，遊戲就要開始了。」

「是，大人。」參戰者道。

這時候，所有人都忍不住朝那兩頭邪魔望去，他們臉上的神情就像在看兩件稀世珍寶。

武小德嘴角一翹，將手高高舉起，用力落下，口中大聲宣布道：「戰鬥開始！」

話音剛落，那兩頭邪魔立刻動了起來。

它們一個衝向武小德，另一個則躲在後面開始準備邪術。

「殺了你！」兩頭邪魔齊聲吼道。

武小德依然不動，因為剩下的三十四名參戰者全部衝向了邪魔！

這是從未有過的一幕，那可是邪魔啊！太瘋狂了！

當這場戰鬥發生在所有觀戰者眼前之際，那些真正的強者們強忍住心中的戰慄，深深地意識到了一件恐怖而決定性的事。

從這一場戰鬥開始，整個聖柱上的形勢正在產生翻天覆地的改變，一切都將走向無人知曉的方向！

——待續

國家圖書館出版品預行編目資料

武德充沛 / 煙火成城作. --初版.
--臺中市：飛燕文創事業有限公司, 2024.02-

冊；公分

ISBN 978-626-348-624-9(第11冊:平裝). --
ISBN 978-626-348-625-6(第12冊:平裝). --
ISBN 978-626-348-626-3(第13冊:平裝). --
ISBN 978-626-348-627-0(第14冊:平裝). --
ISBN 978-626-348-628-7(第15冊:平裝). --
ISBN 978-626-348-629-4(第16冊:平裝). --
ISBN 978-626-348-630-0(第17冊:平裝). --
ISBN 978-626-348-631-7(第18冊:平裝). --
ISBN 978-626-348-632-4(第19冊:平裝). --
ISBN 978-626-348-633-1(第20冊:平裝). --
ISBN 978-626-348-715-4(第21冊:平裝). --
ISBN 978-626-348-716-1(第22冊:平裝). --
ISBN 978-626-348-717-8(第23冊:平裝). --
ISBN 978-626-348-718-5(第24冊:平裝). --
ISBN 978-626-348-719-2(第25冊:平裝). --
ISBN 978-626-348-720-8(第26冊:平裝). --
ISBN 978-626-348-721-5(第27冊:平裝). --
ISBN 978-626-348-722-2(第28冊:平裝). --
ISBN 978-626-348-723-9(第29冊:平裝). --
ISBN 978-626-348-724-6(第30冊:平裝). --
ISBN 978-626-348-803-8(第31冊:平裝). --
ISBN 978-626-348-804-5(第32冊:平裝). --
ISBN 978-626-348-805-2(第33冊:平裝). --
ISBN 978-626-348-806-9(第34冊:平裝). --
ISBN 978-626-348-807-6(第35冊:平裝). --
ISBN 978-626-348-828-1(第36冊:平裝). --
ISBN 978-626-348-829-8(第37冊:平裝). --
ISBN 978-626-348-830-4(第38冊:平裝)

857.7　　112021774

武德充沛 38

出版日期：2024年10月初版
建議售價：新台幣190元
ISBN 978-626-348-830-4

作　　者：煙火成城
發 行 人：曾國誠
文字編輯：小玖
美術編輯：豆子、大明
製作/出版：飛燕文創事業有限公司
公司地址：台中市南區樹義路65號
聯絡電話：04-22638366
傳真電話：04-22629041
印 刷 所：燕京印刷廠有限公司
聯絡電話：04-22617293

各區經銷商

華中書報社	電話 02-23015389
旭昇圖書有限公司	電話 02-22451480
智豐圖書股份有限公司	電話 05-2333852
威信圖書有限公司	電話 07-3730079

網路連鎖書店

金石堂網路書店 電話：02-23649989
網址：http://www.kingstone.com.tw/

博客來網路書店 電話：02-26535588
網址：http://www.books.com.tw/

若您要購買書籍將金額郵政劃撥至22815249，戶名：曾國誠，
並將您的收據寫上購買內容傳真到04-22629041

若要購買本公司出版之其他書籍，可洽本公司各區經銷商，
或洽本公司發行部：04-22638366#11，或至各小說出租店、漫畫便利屋、各大書局、金石堂網路書店、博客來網路書店訂購。
▶如有缺頁、破損，請寄回更換！

Fei-Yan
飛燕文創